U0044321

當代商神

8

石破天驚

何常在 著

目錄 Contents

第一章

芝麻開門

「中國黃頁已經是老黃曆了，我研究了亞馬遜和ebay，
決定結合兩家的優點開創一家中國特色的電子商務網站，
名字我都想好了，叫……」馬朵喝了口茶，「芝麻開門！」
商深正在喝茶，險些一口茶全噴出去。

時間到了一九九九年的春天。

剛剛下過一場大雪的北京，天寒地凍，冰天雪地，成了一個銀裝素裹的世界。

站在飛簷斗拱的屋簷下，商深伸手掰下一根冰稜，拿在手中端詳片刻，笑道：「小時候淘氣，有時會拿冰稜蘸糖吃，當時覺得比世界上任何冰棒都好吃。」

「真的呀？真好玩。」

徐一莫從商深手中搶過冰稜，沒拿穩，手一滑摔落到地上，摔得粉碎。

「哎呀，真不好意思，摔壞了，我賠你一個。」

徐一莫原地跳躍，動作敏捷而矯健，穿著羽絨上衣的她，露出了完美的細腰。她伸手從屋簷上掰下了一根冰稜，捧在手中，如獲至寶地雙手獻給商深：「商總，請笑納。」

商深被她滑稽的樣子逗樂了，伸手拿過冰稜，一揚手扔到遠處，冰稜在空中劃過一個弧度，落在了青磚的地面上，粉身碎骨。

「盛年不重來，一日難再晨。及時當勉勵，歲月不待人……收起玩心，開始工作了。」

徐一莫一臉可惜：「真不好玩，剛才的冰稜長得跟冰棒一樣，蘸上糖吃，說不定真的味道不錯。」

此處是一個占地四百平方米的四合院，經歷了無數風月風霜，難得的是還保存得十分完整。標準格局，前院正房三間，高大寬敞，院東西面廂房各三間，有走廊通後院。後院佈局亦如前院，只是正房東西兩側各有較矮耳房一間。按照市值，這處四合院價值千萬以上。

當然，這是現在的價格，十年後，一億以上也不在話下。

院子當然不是商深的，以商深現在的身家，還買不起如此奢侈的住宅。

來到正房，房內溫暖如春，崔涵薇正在泡茶。她一身休閒打扮，淡妝舒眉，就和外面的陽光一樣，端的是一個讓人心曠神怡的女子。

她輕舒雙臂，微翹蘭花指，將滾開的熱水注入茶壺中，茶葉在茶壺中翻滾之後舒展開來，綻放出濃郁的茶香。

香氣伴隨著明媚而歡快的氣息瀰漫在房間中，讓冬天的寒冷也變得低眉順眼了。

「來了。」崔涵薇微一抬眉，淡淡地說了聲，眼中閃過一絲歡喜，是源自心底對所愛之人的開心。

「嗯。」商深當仁不讓地坐在主位上，接過崔涵薇遞來的茶，輕抿一口，讚嘆不已，「不錯，香不強烈，細而含蓄，味醇厚甘爽，喉韻明顯，是一級正山小種。」

「你的品茶水準越來越高了。」崔涵薇溫柔地笑道：「再品品，是煙正山小種還是無煙正山小種？」

商深看了一眼杯中的茶色，想了想道：「湯色紅豔，清澈明亮，而且沒有獨特的松煙香味，顯然是無煙正山小種。」

正山小種紅茶以在製作工藝上是否有用松針或松柴薰製而成為區分依據，有用松針或松柴薰製的稱為「煙正山小種」；沒有用松針或松柴薰製的，則稱為「無煙正山小種」。

「算你聰明。」崔涵薇燦然一笑，「一莫，馬朵什麼時候到？」

徐一莫抬手看了看手上的錶：「估計還有十分鐘。」

「正好我們先商量一下公司的下一步規劃。」

崔涵薇拿過一疊資料，「近來有意收購或是投資公司的風投，比以前增加了十幾倍有餘。」

商深接過資料，簡單地翻看了一下，放到一邊：「時間點不到，暫時不考慮出售或融資。」

「你就不怕范衛衛的全能管家會替代你的電腦管理大師？到時電腦管理大師的影響力下降，會嚴重影響公司的市值？」

崔涵薇雖然並不急於出售公司，卻想弄清在商深下一步的規劃中，如何應對來自范衛衛的挑戰。

范衛衛的全能管家的崛起，不但出乎商深的意外，也讓整個互聯網為之側目。

得范長天之助，范衛衛在北京註冊成立了天衛電腦有限公司。不久就推出一款「全能管家」軟體。全能管家不但具備電腦管理大師的所有功能，還比電腦管理大師多了電腦全面體檢、電腦加速以及軟體分析、工具箱等功能，基本上可以說，你所能想到的全部功能，全能管家一網打盡，應有盡有。

全能管家一經推出，立刻大受歡迎，風頭之健，隱隱有力壓電腦管理大師之勢。如果不是電腦管理大師比全能管家更專業，並且具備可以卸載中文上網外掛程式的獨家功能，也許全能管家已經幹掉電腦管理大師了。

在天衛成立前，范衛衛還特意約崔涵薇一聚，和崔涵薇暢談合作前景。

崔涵薇沒有拒絕也沒有當即同意，而是模稜兩可地回答機會合適的話，施得願意和天衛精誠合作。

但范衛衛不知是故意虛晃一槍，還是對崔涵薇並不熱切的態度不滿，後來再也沒有和崔涵薇有過接觸，直接就成立了公司，並且推出了全能管家。

全能管家推出後，徐一莫第一時間下載使用，然後大罵范衛衛抄襲電腦管理大師，聲稱全能管家不過是在電腦管理大師的基礎上增加了一些花裡胡哨的功能，然後搖身一變就成了她公司的產品，這種赤裸裸的複製貼上的行為，是對智慧財產權的蔑視，是對他人勞動成果的不敬。

徐一莫盛怒之下，當即就要去找范衛衛當面問個清楚。商深攔住了徐一莫。

在目前國內智慧財產權保護聊勝於無的背景之下，在國人從來不尊重別人勞動成果的大前提之下，在互聯網剛剛興起，一切規範制度還不健全的情形之下，去和范衛衛理論全能管家抄襲電腦管理大師無異於對牛彈琴。除了吵架和無謂的爭論之外，全無用處。就算對簿公堂，估計也打不贏官司。

難道就這麼算了？徐一莫氣憤難平。

商深只是笑了笑，說以後還會有更多的類似軟體湧現，從市場競爭的角度來說，相似的軟體越多，越能促進電腦管理大師的完善，並且襯托出電腦管理大師的專業和市場價值。所以，不用擔心競爭，競爭才是促進發展的根本原動力。

當然，商深從內心深處也清楚范衛衛的所作所為，既是創業需要，也是對他的打擊報復。否則互聯網之路千千萬，為什麼她偏要和他走相同的一條路？

但就算范衛衛選擇了和他相同的道路，他也不能當面指責她什麼，她完全可以拿出幾十條理由反駁他的指責。指責無意義，那麼就讓市場來決定誰勝誰負好了。

也由於全能管家的意外推出，導致歷隊的七二四再次難產。歷隊無奈地對商深說道，七二四一再被迫推遲，或許是生不逢時，或許是好事多磨，不過不管怎樣，他不會放棄對七二四的期望。正好全能管家的思路可以補充他在七二四上面的疏漏，取長補短，爭取在七二四推出之後，一舉超越市面上所有的同類軟體，商深對此持贊同態度。

全能管家投放市場之後，一開始風頭之健，讓電腦管理大師也不得不避其鋒芒，曾經一度躍居下載排行榜第一名的位置，遙遙領先電腦管理大師一周之久。

一周後，電腦管理大師開始反彈，將全能管家斬落馬下。

全能管家看似功能繁多，並且號稱全能，但實際上大多功能對普通用戶無用，而且各項功能十分簡單，只是淺嘗輒止，並不專業，比起電腦管理大師的專業水準，頂多就是業餘初級水準。而在電腦已經普及了幾年的今天，大多數用戶已經超越了菜鳥階段，進入了中階水準，太粗淺簡單的管理軟體，已經不能滿足中階水準用戶的要求了。

不過從下載量和評論數量可以看出，全能管家有炒作的嫌疑。不少用戶的評論在盛讚全能管家的同時，還不遺餘力地貶低電腦管理大師。從炒作手法和雇用水軍造勢的策略可以看出，全能管家的背後有葉十三的影子。

或者說，范衛衛之所以會推出和電腦管理人師類似的全能管家軟體，背後是葉十三精心運作的結果。

商深猜對了，全能管家的問世，確實背後有葉十三大力的推動。

既然范衛衛也要進軍互聯網行業，既然范衛衛想要對付商深，既然商深的電腦管理大師故意針對他的中文上網外掛程式，他為什麼不可以鼓動范衛衛從正面向商深出手，以類似的軟體來衝擊商深的電腦管理大師的地位呢？

只不過葉十三沒有想到的是，范衛衛的全能管家雖然衝擊到商深的電腦管理大師的地位，但並沒有真正對電腦管理大師造成致命的威脅，在用戶的口碑中，全能管家不過是邯鄲學步的低手，電腦管理大師才真正的獨創一派獨成一家的開山祖師。

更讓葉十三想不到的是，他和商深的戰爭，進入了更加複雜更加長線的持久戰中。

經過索狸網和絡容網的兩次宣傳攻勢之後，電腦管理大師和中文上網網站名聲大振，由此帶來的持久影響，讓電腦管理大師的下載量持續上升，也讓中文上網網站的訪問量在一個月後達到了歷史最高，毫不誇張地說，基本上只要是上網的人，百分之九十五以上下載過電腦管理大師和上過中文上網網站。

熱潮過後，電腦管理大師的下載量依然持續上升，同時，中文上網外掛程式的卸載率也在攀升。

葉十三做過統計，基本上在安裝了外掛程式之後的用戶之中，有百分之六十以上的機率會卸載中文上網外掛程式。而在電腦管理大師沒有問世之前，這個資料是零。

儘管由於宣傳的作用，安裝外掛程式的用戶數量比以前有了飛速提升，但卸載的數量也在大幅增加，此消彼長之下，中文上網外掛程式的用戶數量大體持平，勉強保持了不增不減的局面。

按照葉十三的設想，應該是增長的多、卸載的少才符合他的預期。

在辯論後不久，葉十三就再次改寫了中文上網外掛程式的代碼，不過這一次他並沒有反制電腦管理大師的卸載，而是改進了演算法，讓外掛程式不再拖慢系統，不再產生垃圾，試圖改善形象來留住用戶。

但經過一段時間的推廣後，使用者反映依然會拖慢系統並且產生垃圾。葉十三就知道，他在程式設計上面的才華不足以支撐他的野心。於是，葉十三再次重寫代碼，反制電腦管理大師的卸載。

這一次，葉十三精心加密了程式。

商深足足用了半個月的時間才再次破解加密，重新更新電腦管理大師，再次恢復了卸載中文外掛程式功能。其後，二人你來我往，又接連交手數次，上演你追我趕的大戲。

在交手達到十次之時，葉十三終於忍無可忍了，質問商深什麼時候是盡頭，商深淡然地回答，等什麼時候中文上網外掛程式可以自己提供卸載功能時，電腦管理大師的作用就不再了。葉十三冷冷地回答了商深一句話：好，到時你別後悔。

不久之後，葉十三在中文上網網站推出公告，聲明中文上網外掛程式剛剛推出的五點零版本已經加入卸載功能，用戶可以隨時選擇自己卸載，而不用依賴外界的軟體，希望所有使用者都更新到最新版本的中文上網外掛程式。

許多用戶抱著將信將疑的態度更新了最新版的中文上網外掛程式，果然發現在卸載功能中多了中文上網外掛程式的身影，也就是說，葉十三的話沒錯。無數用戶齊聲歡呼，在電腦管理大師的逼迫下，中文上網外掛程式終於妥協了。

中文上網外掛程式自帶卸載功能的版本推出之後，電腦管理大師正面有全能管家的挑戰，背後有中文上網外掛程式自帶卸載功能的釜底抽薪的反擊，在腹背受敵兩面夾擊之下，下載量一度急劇下降，有失去市場地位龍頭老大之憂。

在此情形下，商深並沒有慌亂，在電腦管理大師裡面新增了幾項實用的功能，除了可全面智慧化管理電腦垃圾、啟動項之外，還增加了查殺各種惡

意外掛程式的功能。意思是電腦管理大師針對的惡意外掛程式並非只有中文上網外掛程式一個，而是挑戰所有有惡意行為的外掛程式。

隨著網路的普及以及電腦使用者的增加，越來越多的惡意外掛程式紛紛出現，或是不經用戶同意私自安裝，並且不允許卸載，或是劫持主頁，或是盜取帳號、彈出強制性廣告和視窗，甚至無法關閉，讓人防不勝防的同時又不厭其煩。

惡意外掛程式和惡意軟體有所不同，惡意外掛程式多作用在流覽器上，惡意軟體多作用於作業系統。相較之下，惡意外掛程式雖然不如惡意軟體危害性大，但卻十分煩人，就如蒼蠅一般在你面前飛來飛去，不會帶來傷害，卻會影響心情，從而導致影響工作效率。

商深的努力收到了成效，許多用戶發現電腦管理大師並非只有卸載中文上網外掛程式一個功能，許多功能在日常生活中也是必不可少的一項。於是，在口碑的帶動下，電腦管理大師的下載量逐漸回升。

同時，許多用戶也發現了和電腦管理大師相比，全能管家不管是實用性還是簡易度、專業性都大有不如之處，許多一開始使用全能管家而不知道電腦管理大師的用戶，慢慢開始轉身投入電腦管理大師的懷抱中。

同時，許多初級階段的菜鳥，在提升了眼界，增長了見識之後，脫離初級階段進入中階階段，也覺得全能管家太初階太簡單了，紛紛轉向電腦管理大師。全能管家的用戶等於成了電腦管理大師的用戶來源，是電腦管理大師的用戶搖籃。

而許多中文上網外掛程式的擁護者，才剛剛開始歡呼中文上網外掛程式可以自己卸載而不需要電腦管理大師，覺得電腦管理大師可以被清理出電腦之時，不久就發現，中文上網外掛程式固然是自帶卸載功能了，但其自身製造垃圾的頑疾還是沒有根除，不用多久，就會產生大量的垃圾，並且卸載之後也不會清除。就算自己清除，也無法清除乾淨。而電腦管理大師的清理垃圾功能，可以有效的清除中文外掛程式產生的垃圾。

加上中文上網外掛程式用久了還會拖慢系統，許多使用者覺得上了葉十三的當，紛紛指責葉十三欺騙所有人，一時掀起一股卸載中文上網外掛程式的浪潮。

但是許多人再次發現了問題！用中文上網外掛程式自帶的卸載功能卸載了程式後，外掛程式是卸載了，但卻有後遺症——主頁被篡改了，主頁固定跑到中文上網網站，並且無法更改！

如此流氓！無數用戶憤怒了，紛紛指責葉十三流氓成性，屢教不改，一時之間湧現出集體抵制中文上網外掛程式的浪潮。

而全能管家不但沒有提供卸載中文上網外掛程式的功能，也沒有可以恢復主頁、鎖定主頁的功能，並且對垃圾的清理也不徹底。相反，許多用戶在束手無策之時，無意中發現原來電腦管理大師不知何時早就內置了恢復主頁和鎖定主頁的功能。

使用者只需要滑鼠一點，即可以清除惡意外掛程式對主頁的篡改，再點擊鎖定主頁，不管什麼外掛程式都無法再次篡改主頁。

至此，無數用戶在經歷過對比和實戰之後才明白了一個事實——電腦管理大師果真才是真正為使用者著想的管理軟體，不但功能繁多，而且還有能力挑戰來自所有惡意外掛程式的挑戰！

和電腦管理大師相比，全能管家是一個外表光鮮但能力一般的公子哥，而電腦管理大師是一個老實但能力出眾的實幹家。

經過一番風波後的電腦管理大師，不但穩穩站穩了腳跟，而且更打出了名氣和市場，培養了一批誓死追隨的鐵桿粉絲。

幾十萬鐵桿用戶是電腦管理大師的核心價值所在。正是因此，商深才不怕電腦管理大師的地位會受到全能管家的影響。就如蘋果電腦的崛起也帶動了蘋果作業系統的影響力，但和微軟的WINDOWS相比，蘋果的作業系統依然只是小眾，無法成為主流。

「全能管家影響不了電腦管理大師的地位，倒是七二四有可能會帶來負面影響。還好七二四沒有推出，在七二四推出之前賣出電腦管理大師，是一步好棋。」

商深坐在坐北朝南的正房中，眺望院中的景色，忽然生發出感慨，「我怎麼覺得古人比現代人還有福氣呢？」

崔涵薇一愣，商深的思維跳躍得太快，她差點被他的話繞暈，不由問道：「你打算只賣掉電腦管理大師，不賣掉整個公司？」

「開什麼玩笑，賣掉公司我現在就去養老？」商深一摸下巴，「我還如此年輕英俊瀟灑，如果天天無事可做，除了數錢就是數日子，該有多無聊?!人生在世，當建功立業，何況別人都尊稱我一句商大俠，俠之大者，為國為民。」

「行了，別吹了。」徐一莫很不客氣地一拍商深的肩膀，「這裡沒外人，吹也白吹。只賣掉電腦管理大師，不賣螞蟻搬家？」

「不賣，螞蟻搬家留著，我另有用處。電腦管理大師也不是單純地出售，我希望買方用股權交換。興潮網有意購買電腦管理大師，不過條件還沒有談妥。」

商深心中構築的商業帝國的雛形，隨著電腦管埋大師的出售提上日程，正式邁出了關鍵的第一步。

「等電腦管理大師的出售進入了實質階段，一二三網站就正式上線。」

一二三網站按照最初設想，應該早在半年前就上線了，但後來網站架構出來後，商深不太滿意，又推倒重來。再後來網站架構滿意了，Google上線了。

Google的上線讓商深意識到，只簡單地推出一個導航網站雖有意義，但終歸局限性太大，必須要有搜尋引擎，沒有搜尋引擎，就是單腿走路，走不遠。

但國內的搜尋引擎技術又很薄弱，對商深來說，搜尋引擎也是他的弱點。寫了無數遍架構，羅列了無數種演算法，都不太滿意。

商深決定先擱置下來，等什麼時候搜尋引擎的難題解決了，達到了自己滿意的程度，什麼時候再推出一二三，力爭一經推出，就達到業內最先進的水準。

「好，既然你決定了，就聽你的。接下來我和興潮網接觸，談一下電腦管理大師的出售事宜。」

崔涵薇理順了商深的思路，覺得商深的想法既照顧了長遠又顧及了眼前，當然沒有異議。

「你剛才說古人比現代人有福氣，這話怎麼說？」

「這個四合院以後會不會是你的嫁妝？」商深笑眯眯地問道。

崔涵薇笑道：「想什麼呢你？你是要娶我，還是想要這個四合院？」

「你們家有三個四合院吧？」商深嘿嘿笑道：「以目前的價位來說，一個四合院就價值一千多萬。對普通百姓來說，是可望而不可及的天文數字。四合院是不折不扣的奢侈品，但在古代，四合院是普通百姓的房子。古代普通百姓的房子到了現代，居然成了身分的象徵，你說社會是進步了還是退步了？」

「話不能這麼說，」徐一莫不贊成商深的說法，「現代有暖氣、有電腦、有電話、有電視，古代有什麼？就算古代人人有一套四合院，我也願意生活在現代。現代生活才是方便便利的生活，古人寄封信要幾個月，出趟門要一年半載，太嚇人了。」

「各有各的好，有時慢沾也是一種享受。」商深朝後一靠，感受太師椅的舒適，再接過崔涵薇遞來的茶水，「買一處宅子，娶幾房如夫人，再買幾個丫環，讀讀書做做文，無事的時候養養花逗逗鳥，日子就如遲緩的流水一樣，悠長而舒心。」

「封建思想！」崔涵薇掩嘴而笑，「居然還做著娶幾房夫人的夢，都什麼年代了，還懷念一夫多妻的時代。」

「舊社會未必就萬惡。所謂萬惡的舊社會，只不過是被洗腦者種下的毒瘤罷了。」商深哈哈一笑，一抬頭，馬朵已經現身在院子中。

「馬哥來了。」商深起身相迎。

「商哥哥，」徐一莫叫慣了商深哥哥，人前人後改不了口，她小聲地道：「我忽然覺得，你的黃金時代就要來臨了。」

「什麼黃金時代？」崔涵薇問道：「一夫多妻的黃金時代？」

「薇薇，你想哪裡去了！」徐一莫擠眉弄眼地用手一指馬朵，「當然是事業上的黃金時代啦。」

「嗯……」崔涵薇一時心神恍惚，朝商深投去嚮往的目光，「他也該展翅高飛了。」

「這院子不錯，希望有一天我也可以在北京買得起一間。」馬朵四處看了看，一臉羨慕之色。

「未來的房地產業會是建設一個新世界的主力，但任何事情都有兩面性，如果不嚴加約束的話，房地產可能會成為摧毀中國經濟的定時炸彈。現在有些開發商還叫囂，說是炸掉故宮，蓋大樓，北京的房源就不緊張了……」馬朵哈哈一笑。

商深對房地產的未來並無研究，也興趣不大，笑道：「先不管房地產的未來了，我們是互聯網的弄潮兒，不是房地產大亨。馬哥，你今天過來，肯定不會是只想和我聊聊房地產吧？」

「晚來天欲雪，能飲一杯無？」馬朵微微一笑，也不客氣，「這樣的天氣，這樣的院子，這樣的美景，吃個火鍋喝個小酒聊個小天，肯定是人生一大樂事。」

「哎呀，商哥哥你太神了。」徐一莫頓時驚呼，「馬哥，你沒來之前，商哥哥就說你晚上肯定要吃火鍋，我和薇薇還不信，他只管讓我們準備，還真的是……」

「哈哈。」馬朵哈哈大笑，「來上一個老北平紫銅火鍋，再來一瓶牛欄山二鍋頭，讓我在北京最後的日子，充滿回憶和美好吧。」

「您就請吧。」徐一莫一挽袖子，就如跑堂一樣亮著嗓門喊了一聲，轉身出去了。

商深聽出了馬朵的言外之意，也猜到今天馬朵來，肯定有要事相商：「終於決定要離開北京了？」

馬朵點頭：「一個月內。手續已經辦好了。」

「回杭州？」

商深早就知道北京不是馬朵的久留之地，雖然預料到馬朵早晚會離開，不過真的聽到馬朵要走的消息時，還是有幾分不捨。

「重操舊業？」

「回杭州，重回老本行，上線一家電子商務網站。」

「中國黃頁？」

「中國黃頁已經是老黃曆了，我研究了亞馬遜和eBay，決定結合兩家的優點開創一家中國特色的電子商務網站，名字我都想好了，叫……」

馬朵喝了口茶，「芝麻開門！」

商深正在喝茶，險些一口茶全噴出去。

「阿里巴巴和四十大盜的故事？」

「沒錯，怎麼了，很好笑嗎？」馬朵不解商深的反應。

「沒有，沒有。」

商深強壓心中笑意，不解馬朵為何起了這樣一個名字，如果說中國黃頁的名字大氣而傳統的話，那麼芝麻開門的名字就帶有幾分幽默了，不過名字並不重要，重要的是思路。

「打算還走中國黃頁的路子？」

「是的，繼續走面向企業的電子商務之路。」馬朵微有幾分迫切，「耽誤了一年多的時間，已經落後太多了，再不努力追趕，說不定就趕不上時代的腳步了。我們雖然是互聯網的弄潮兒，但潮起潮落之間，又有多少人跌落潮頭，再也無法重新站起。我們必須不停地奔跑，不能有一刻的懈怠，稍一鬆懈，也許就會被時代拋棄。」

馬朵的話讓商深心中微有幾分沉重，確實，和財大氣粗的房地產業相比，他們有背景，有實力，也有錯綜複雜的關係，而他和馬朵、馬化龍以及所有的互聯網創業者一樣，都是白手起家的草根，除了一腔熱情、滿腹雄心之外，一無所有。只有不停地奔跑，不停地釋放青春和全部激情，緊緊抓住時代的脈搏，用盡全身的力氣奮力一躍，或許還有微小的成功的可能。

「有沒有需要我幫忙的地方？」

商深不等馬朵開口，主動提了出來。

和馬朵相比，他還算幸運，至少他遇到了崔涵薇，至少他的公司目前蒸蒸日上，雖然表面上還沒有盈利，但已經實現了應有的價值。

「無事不登三寶殿，你說呢？」馬朵狡黠地一笑，「需要你幫忙的地方有很多，我怕你會不勝其煩。」

「這話說的，好像你在我面前客氣過一樣?!哈哈。」

商深大笑，見崔涵薇和徐一莫，一人端著餐盤，一人捧著火鍋依次進來，就說：「吃飯，邊吃邊說。」

天色已晚，烏雲漸深，不知何時又飄起了雪花。透過木窗望去，雪花由米粒大小逐漸變成大片大片的鵝毛大雪，打在窗上落在地上，沙沙直響。

四合院雖然位於城區的中心地帶，但由於偏離主路的關係，格外安靜。在繁華的北京城中擁有一方遺世而獨立的天地，也算是人生一大幸事。雖然四合院是崔明哲的私產，就算商深娶了崔涵薇，也未必歸商深所有，但能有片刻的擁有，也算是人生之中難得的經歷。

「說來說去，還不是一個錢字？」

幾杯酒下肚，馬朵終於開口說出了來意，儘管他知道商深肯定猜到了，但還得他親口說出才顯得有誠意。

「創業需要資金，商老弟，你能資助我多少？」

第二章

隱形掌門人

「搜尋引擎有搜尋引擎的商業帝國，電子商務也有它的商業帝國，
同樣，網路聊天也會有網路聊天的商業帝國，
你也會有你讓無數人仰慕並且可以呼風喚雨的隱形商業帝國，
你也會成為一怒而諸侯懼，安居則天下熄的隱形掌門人！」

「資助？」

徐一莫的筷子停在半空，筷子上還夾了根菠菜，歪著頭道：「要說資助就太見外了，馬哥，我家商哥哥從來都是投資，你就直接說多少錢換多少股份比較好，都不是外人，不用繞彎。」

「商老弟有你，可真是省心不少。」馬朵哈哈大笑，看向商深，目光微有光芒閃動，「你能拿出多少？」

商深微一思索，伸出兩根手指：「二十萬。」

「好，二十萬，百分之五的股份，怎麼樣？」

商深沒說話，放下筷子來到院中。和屋裡的溫暖如春燈火通明相比，院中天寒地凍漆黑一片，還人雪紛飛，他任由雪花落在頭上肩上和身上，感受到雪夜的清涼，心境一片澄明。

徐一莫衝了出來，舉著一把傘：「幹什麼，你要雪夜夜奔呀？趕緊回屋，外面冷，你又沒穿外套。」

商深裝成一副老氣橫秋地道：「老夫夜觀天象，北極星盛，中南星亮，天下要有大變了。」

「去你的。」徐一莫被商深的話逗樂了，一推商深，「還老夫，你才多大？聽你的口氣，還以為你經歷了多少人間滄桑，是不是老得快要入土了？還什麼北極星盛，中南星亮，真會胡扯。」

商深被徐一莫一推，想要躲開，結果腳一滑，一下摔倒在地，地上雪厚，也不覺得疼，索性坐在地上。

「北極星盛，是說北京會誕生幾家大放光彩的互聯網公司；中南星亮，是說在中南部也會有舉世聞名的互聯網公司出現。」

「快起來，別坐地上，小心著涼。」

徐一莫像個媽媽一樣，一把拉起商深，替商深拍打身上的雪，「多大的人了，還跟個小孩一樣，剛才還是老夫，現在就成小朋友了，你就不能正常一點嗎？」

商深被徐一莫冰涼的小手拉住，感覺到一絲溫熱和柔弱的美感，心中一蕩：「一莫，希望有一天我們可以站在北京最高的高樓上，指點江山，激揚文字，功成名就，坐擁天下。更希望若干年後，我所認識的每一個人，馬朵、馬化龍、文盛西、歷隊、王陽朝、向落，對，還有代俊偉，都會成為中國互聯網星空中最閃亮的群星，每個人都在各自的領域熠熠生輝，擁有推動社會進步的力量，擁有促進國家發展的影響……」

「那你呢？」徐一莫拉著商深回屋，「你就默默無聞，甘當幕後英雄？」

「擔當身前事，何計身後名?!」

商深隨徐一莫一起回屋，剛才雪中之舉，讓他多了童心，有時人需要適當地放鬆一下。

「我最喜歡的事就是躲在幕後，看著我支持的人一個個走上歷史舞臺，成為影響中國甚至影響世界的舉足輕重的人物，坐在臺下聽他們高談闊論氣吞山河，我會由衷地替他們感到高興。」

「哎呀，境界真高，我覺得我都跟不上你的思路了，太高深太出世了，商大俠，您什麼時候跳出三界外，不在五行中呀？」徐一莫故意氣商深。

商深才不氣，坐回到座位上，還沒開口說話，馬朵搶先了：

「你錯了，一莫，商深的境界是高，但他也不是出世，你別忘了，他雖然不願意在臺上閃亮，但他坐在臺下，臺上的人沒有一個敢對他有一絲輕視，因為所有人成功的背後都有他的影子，這才是人生最大的成功，最大的功成名就。還有，不管哪一個成功者都曾經得到過他的幫助，你說誰才是最成功的？有人說，一個聰明的女人不是嫁給一個富翁，而是培養一個富翁，然後再生一個富翁；同樣的道理，一個真正成功的人，不是讓自己成功，而是讓千千萬萬的人在他的幫助下獲得成功。希望若干年後，我會成為一個可以幫助別人成功的人。」

崔涵薇默默點頭，從小父親就對她說過，窮則獨善其身，達則兼善天下，真正成功的人不在於自己擁有多少財富和名聲，而在於曾經影響了多少人，推動了多少社會進步。財富再多，終究也會失去，名聲再響，也不過身外之物。真正留在內心的，還是被人需要的滿足感和沒有遺憾的完美無缺。

商深頭上的雪花還在，遇到熱氣融化成水，頭髮濕了一片，崔涵薇拿過毛巾為他擦拭，他舉杯向馬朵示意：「馬哥，隨著你的一聲芝麻開門，中國互聯網的電子商務，從此打開了一條通往金光大道的大門。」

「借你吉言。」馬朵回敬商深，一拍商深的肩膀，「有幸認識你商老弟，是我一生運氣的開始。先不說你的二十萬至少讓我心裡充滿了底氣，還有你上次介紹的日本人安本山藏，我一直保持聯繫，他對我的項目也很感興趣，說會向安義正彙報一下。等機會合適的時候，安義正會來中國親自和我見面，哈哈。」

商深點頭：「馬化龍的企鵝公司也成立了，ＯＩＣＱ剛剛推向市場，反應很好。明天他會來北京，你有沒有時間，一起見見？」

馬朵對OICQ沒有興趣，也和馬化龍沒多少共同語言，搖頭說道：

「算了，你們聊，我就不參與了。我是一個電腦盲，也不怎麼上網，對網路即時通訊工具興趣不大，更不會網路聊天。不過，我對代俊偉倒是有幾分興趣，他什麼時候回國？」

「兩天後。」

「好，到時叫上我，我想聽聽他的高見。搜尋引擎在以後會大有作為，搜索是準確定位的基礎，以後我的芝麻開門也需要一個技術可靠、方便快捷的搜尋引擎才更完善，否則客戶沒有辦法第一時間找到自己需要的東西。」

馬朵雖然不是電腦高手，甚至到現在為止還不會熟練地操作電腦，但並不影響他對互聯網未來形式的判斷，他不無憂慮地說道：

「我一直擔心，說不定有一天會有一個搜尋引擎一家獨大，壟斷國內百分之八十以上的搜索市場，到時這家搜尋引擎就會為所欲為。搜索排序完全可以人為干預，只要把你的網站排到搜尋網頁面十頁以後，誰還會有耐心翻到十頁以後找到你的網站？所以，如果沒有成立一家可以對抗別家搜尋引擎的實力，那麼儘快形成自己的生態系統，不被搜尋引擎左右了生死，是當務之急。」

商深對馬朵的先見之明深以為然，連連點頭：「范衛衛之前在和別人談合作時，之所以咄咄逼人，就是因為她看到了未來可能的前景。當然，如果真的有了一個一家獨大的搜尋引擎，必然會引發互聯網格局的改變，只憑一個搜尋引擎就成長為一家號令天下莫敢不從的商業帝國，並不是不可能，而是大有可能。」

「不過話又說回來，搜尋引擎有搜尋引擎的商業帝國，電子商務也有電子商務的商業帝國，同樣，網路聊天也許也會有網路聊天的商業帝國，你也會有你無人知道卻又讓無數人仰慕並且可以呼風喚雨的隱形商業帝國，你也會成為一怒而諸侯懼，安居則天下熄的隱形掌門人！」

「隱形掌門人？」

徐一莫若有所思地點點頭，然後開心地笑道：，「這個說法好，我喜歡，不但有氣勢，還有力度。」

崔涵薇目光閃動，在商深的身上跳躍。

從她認識商深到今天，不過兩年的光景，他已經從一個單純的電腦高手成長為一個進退有度、從容不迫、眼光長遠的商業運作高手，期間，有他和范衛衛經歷的成長，但大部分還是商深和她一起成長的，對此，她除了與有榮焉之外，還有深深的幸福和甜蜜。

沒有什麼比陪著自己喜歡的人一起成長為一個有責任感的男人更開心開快樂的事了，許多女孩喜歡事業有成的男人，卻不知道，每一個事業有成的男人背後，都有一個陪他從無到有、從幼稚到成熟的女人。而他和她成長之時共同走過的道路，是任何一個女人都代替不了的人生最寶貴的歷程。

雪，下了整整一夜。

晚上馬朵沒走，住在四合院。房子夠多，住十幾個人都不成問題。商深和馬朵一個房間，二人都喝了不少酒，有了酒意，沒聊夠，促膝談心，差不多又聊了一個晚上。

中午時分，商深做完了手中的工作，抬頭看向了窗外。街上許多清雪車在穿梭，積雪很厚，氣象專家聲稱今年的大雪是幾十年難得一遇的一場世紀大雪。

崔涵薇推門進來，一臉喜色：「中午一起吃飯？」

「好呀。」商深揉了揉了眼睛，「都有誰？」

「藍襪、毛小小。」崔涵薇俏皮地一笑，「文盛西、范衛衛。你的一莫出去辦事了，不好意思，讓你失望了。」

最後一句玩笑話商深直接過濾了，驚問：「這是什麼飯局？這麼奇怪的組合！」

「你只管出席就行了，問那麼多幹嘛？」崔涵薇白了商深一眼，喜形於色，「告訴你一個好消息，和興潮網的談判，初見成效。」

按說作為董事長，談判一類的小事用不著崔涵薇親自出馬，不過崔涵薇知道作為商深打造商業帝國的第一仗，必須打響，而且還要打得漂亮，那麼，只有她親自披掛上陣才行。況且她和張向西、仇群又很熟。

「什麼條件？」

商深對他的電腦管理大師的市場價值也很是上心，按照他的估算，如果興潮網能拿百分之一的股份收購電腦管理大師，就達到他的期望值了。

「我要價百分之二，仇群沒有答應，張向西有點動搖了。有待下一步繼續談判，最少也可以拿到百分之一點五。」崔涵薇嫣然一笑，信心滿滿，「怎麼樣，還滿意嗎？」

「滿意，十分滿意。」

商深收拾好桌上的東西，起身和崔涵薇一起出門。

吃飯的地點選在了公司樓下的靜心齋，是素食。商深對素食並不排斥，只是不知道是誰的提議：「怎麼吃素了？」

「高手其實都是吃素的。」

崔涵薇頭前帶路，回身一笑，明媚如冬日驕陽，「是范衛衛提議的，她說吃素有利於養生，你也知道我一向隨和，就沒提反對意見。」

如果說毛小小和文盛西的到來，商深還沒有什麼吃驚的話，那麼范衛衛的意外出現，就讓他很是有幾分不解了。自從范衛衛的幾次邀請他都拒絕了之後，她和他之間又回到了老死不相往來的狀態。而在范衛衛成立了互聯網公司並且推出全能管家之後，她和他更是沒有再見過面。

不知道范衛衛今日前來，又是意外和文盛西、毛小小一起，有何貴幹？商深心中疑惑不定，來到靜心齋的時候，心還沒有靜下來。

「商深，你可來了！」

商深推開二樓雅間「寸心閣」的房門，一眼就看到了正在喝茶的文盛西。一段時間未見，文盛西又瘦削了幾分，精神狀態卻是不錯。

他緊緊握住商深的手，給了商深一個熱情的擁抱：「兄弟，告訴你一個好消息，我的第一家分店馬上就要開業了。說起來還得感謝你，如果不是你，我的北西也不會發展這麼快，你是北西的大功臣，我今天要好好敬你幾杯。」

毛小小和范衛衛坐在一起，她依然是一副弱不禁風的樣子，包裹在毛衣和緊身褲之下的身材，更顯小巧玲瓏和精緻，她悄然而笑，目光落在商深身上，停留了片刻，眼中閃過俏皮和歡笑。

隨後目光又在崔涵薇上轉了轉，不知道想到什麼，微微皺了皺眉。

范衛衛站了起來，見商深和崔涵薇站在一起，猶如一對璧人，商深英俊瀟灑之外，比以前更多了成熟和穩重，崔涵薇更是高貴之中隱隱有優雅之意，比起初見之時變化很大，不再是當年那個刁蠻的女孩。

商深真的就要永遠離她而去了？范衛衛心中失落遍地，既有不甘和不滿，又有委屈和心酸，商深原本是屬於她的，卻被崔涵薇硬生生搶走了，是要怪崔涵薇太無恥還是應該怨商深太無情？

商深對文盛西的成功很開心，和毛小小打過招呼之後，又和范衛衛握了握手。

「范總，全能管家很不錯，我下載試用了一下，功能很全面，考慮到了用戶各方面需求。在市場上也很受歡迎，恭喜，恭喜。」

對商深不冷不熱不遠不近的態度，范衛衛心情低落，淡淡地說：「謝謝商總的誇獎，商總是業內的頂尖高手，能讓商總高看一眼，也是全能管家和我的榮幸。不過許多人說全能管家和電腦管理大師有相似相通之處，甚至還有人聲稱全能管家有抄襲電腦管理大師之嫌，不知道商總怎麼想？」

商深搖頭道：「不能說我想出了一個創意，別人同樣也想到了就說別人抄襲我。就如曹雪芹寫了《紅樓夢》，就不允許別人再寫《青樓夢》了？相信以後市場上類似電腦管理大師和全能管家的軟體會越來越多，同樣，類似於中文上網網站的網站也會層出不窮。從現在開始，中國互聯網正式進入了抄襲、模仿的混戰和亂戰時期，你也知道，中國人最善於模仿，喜歡抄襲，總想複製別人的成功。不過最終大浪淘沙，市場是最公平的戰場，群雄四起的戰國時期不會持續太久，頂多兩三年，就會迎來一個全新的局面。」

范衛衛聽出商深的言外之意，擺出了請教和聆聽的姿態：「以商總對中國互聯網未來的預期，你覺得互聯網的哪個領域最有前景？」

崔涵薇落落大方地坐在商深的身邊，輕挽衣袖，雙臂屈伸，為商深倒了一杯茶水。

毛小小在一旁見了，心中喟嘆，和崔涵薇相比，徐一莫雖然更亮麗更健美，但她既沒有崔涵薇的優雅和高貴，又沒有崔涵薇的從容和淡定，別說商深了，大多數男人還是願意娶如崔涵薇一樣既有面子又有裡子的妻子。

除非……除非商深是一個真性情的男人，真的喜歡徐一莫，為了徐一莫甘願犧牲一切。

但現在為了愛情不顧一切的男人太少了，何況商深對崔涵薇又有感情，而崔涵薇對商深也是一往情深，如此珠聯璧合的一對玉人，徐一莫想要橫刀奪愛，比登天還難。

當然，毛小小也知道，想讓商深和徐一莫在一起，是她一廂情願的想法，徐一莫對商深只有喜歡和崇拜，沒有愛，是她非要多事，覺得徐一莫和商深在一起最是般配。

算了，還是不要多想了，一切隨緣吧，如果徐一莫和商深有緣，自會走到一起，如果無緣，就是天天見面，也不過是普通朋友。她想起徐一莫說過她曾經和商深同床共枕的奇遇，心中又多了一聲嘆息

「這個我可說不準。」商深接過崔涵薇的茶水，輕輕抿了一口。

「門戶網站、軟體公司、搜尋引擎、類型網站、電子商務、社交軟體等等，都會大放異彩，但到底誰會成為行業的領軍人物，或者可以一統天下，還真不好說。就算是比爾・蓋茲也無法下結論，畢竟互聯網是前所未有的新

興事物，誰也不敢預測未來。別說未來了，就是明天也不可預知。」

商深的話明明是肺腑之言，聽在范衛衛耳中，卻成了敷衍，她心中冷哼一聲，下意識多看了崔涵薇一眼，不知道想起什麼，忽然笑道：「涵薇，忽然想起在深圳的時候，我們還情同姐妹，現在卻成了競爭對手，想想有時也很好笑，人生就是一個不斷地轉換角色的過程，我們所珍愛的東西，也許一轉眼就成了別人的新歡。」

范衛衛的話題瞬間跳到感情上面，而且有明顯向崔涵薇挑釁之意，崔涵薇一攏頭髮，莞爾一笑：「誰的新歡不曾是別人的舊愛？新歡舊愛，冬去春來，是再正常不過的世事變遷，看開就好了。就如脫胎於電腦管理大師的全能管家一樣，要我說，全能管家雖然不管是從思路還是功能上都抄襲了電腦管理大師，但只是模仿了基本路數而沒有深入到核心，核心技術才是關鍵。所以我可以肯定地說，全能管家沒有未來。」

「哦？」范衛衛眉毛一揚，不服氣地反擊，「全能管家推出之後，現在的下載量已經突破了一百萬，據我所知，電腦管理大師足足用了半年時間才達到一百萬的下載量。而且據協力廠商監測機構統計，全能管家的下載量即將超過電腦管理大師，也比電腦管理大師更受歡迎，全能管家替代電腦管理大師不過是時間問題。輸了就是輸了，別嘴硬。」

商深納悶，今天的飯局是崔涵薇組局，范衛衛也是崔涵薇邀請而來，怎麼一見面就有要掐架的架勢？

「全能管家替代不了電腦管理大師，我不知道是哪家的協力廠商監測機構得出的資料，反正據我所知，電腦管理大師的用戶忠誠度比全能管家高多了。」文盛西插話了，他自然站在商深一方。

「全能管家的下載量確實很大，但下載量和忠誠度以及使用量不是一個概念，范總，你忽略了一個最有價值的判斷標準，退一萬步說，就算全能管家的下載量比電腦管理大師大，但下載的用戶只試用了一天或是幾天就卸載了，而電腦管理大師下載量雖然不如全能管家，但每個使用者下載之後，都會一直保留在電腦裡面並且經常使用，這樣算下來，電腦管理大師的品牌價值比全能管家的品牌價值會高出好幾倍。站在市場的角度來說，如果全能管家的品牌價值是一千萬美元的話，那麼電腦管理大師的品牌價值就是一千萬美元。」

范衛衛哼了一聲：「一孔之見，一家之言。」

文盛西哈哈一笑：「范總，你不要以為我和商深關係好就偏向他，剛才的話，我還給你留了情面。我懂程式設計，你的全能管家我也試用過，三個小時後就卸載了，知道為什麼嗎？因為你沒有自己的核心技術，只會模仿而沒有超越。成功可以從模仿開始，但在模仿的基礎上，一定要有創意和超越。就如OICQ一樣，雖然是模仿了ICQ，但說實話，比ICQ好用多了。我現在已經改用OICQ而不是ICQ了，而且還向許多使用ICQ的朋友推薦OICQ。商深，你和馬化龍合作的OICQ非常好用，我每天都會登錄。」

去年年底，馬化龍在深圳正式成立了深圳企鵝電腦有限公司。四個月後，在一九九九年二月，正式推出了籌備已久的OICQ即時通訊軟體。OICQ一經推出，就立刻受到市場的追捧，友好的中文登錄介面，全中文動作頁面，全面超越ICQ的功能，十分符合國人使用習慣的功能列表，讓OICQ迅速佔領了原本屬於ICQ的市場。

現在OICQ正在逐步吞噬ICQ的市場，即時通訊軟體就如同手機號碼一樣，一般人的使用習慣是只會保留一個號碼。早晚，OICQ的興起會帶來ICQ的末日。

不過，OICQ在國內也並非一家獨大，不但興潮網有意推出自己的即時通訊軟體，向落也有意推出絡容自己的即時通訊軟體，互聯網即時通訊軟體的市場正是硝煙四起，甚至一些通訊公司比如中國移動也有意推出自己的即時通訊軟體。

ＯＩＣＱ想要從中殺出一條血路並不容易，除了精準的市場定位之外，還要精確地把握用戶使用習慣，讓更多的用戶認可。使用者是決定一款軟體生死的決定性因素，得用戶者得天下。

「ＯＩＣＱ？太低端太一般了，我只用ＩＣＱ和MSN Messenger。」范衛衛輕蔑地說：「只有土包子才會用ＯＩＣＱ吧？」

MSN Messenger是一個源自微軟的即時通信網路，嚴格上講，它不是一個即時通訊軟體，卻和即時通訊軟體有著相同的用處，而且由於是微軟出品的緣故，推廣起來比ＯＩＣＱ強大多了，就商深分析，MSN Messenger將會是ＯＩＣＱ最強有力的競爭對手，如果ＯＩＣＱ無法打敗MSN Messenger，ＯＩＣＱ就無法邁上成功之路，會被MSN Messenger獵殺在成長之初。

不過此時MSN Messenger還沒有正式推出，正在內部測試階段，商深還沒有內部測試資格，所以沒有試用。范衛衛作為美國留學歸來的海歸，肯定和微軟有內部關係，她提前試用也在情理之中。

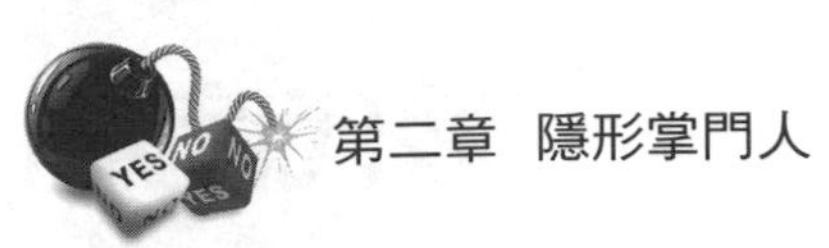

「倒退兩百年，美國人都是土得不能再土的十包子。再過十幾年，也許在你眼中的土包子都會成長為令人側目的土豪。」崔涵薇迅速做出了反擊，「話不要說得太滿，也不能說得太早。MSN Messenger雖然是微軟推出的網路聊天工具，但未必就可以打敗ＯＩＣＱ，說不定反而會被ＯＩＣＱ打得沒有還手之力，最終敗退中國。」

「哧……」范衛衛不以為然地說，「真會開玩笑，一個才推出不久的ＯＩＣＱ就想打敗MSN Messenger？如果我沒有記錯的話，ＯＩＣＱ的企鵝公司一共才五個人？對了，表面上是五個人，背後還有商深的影子，好吧，算是六個人。六個人，幾十萬人民幣的啟動資金，就想打敗世界第一的微軟？當成笑話還算是客氣了，當成癡人說夢也不為過。」

「隨便你怎麼想，反正我更看好ＯＩＣＱ的未來。別忘了，互聯網就是一個創造奇蹟的世界。照你的思路，雅虎進入中國後，會打敗中國的所有門戶網站，一統天下？」崔涵薇繼續和范衛衛辯論。

文盛西和商深對視一眼，二人會心一笑，各自舉杯示意，並不阻止崔涵薇和范衛衛的辯論，也不加入任何一方，擺出了置身事外的態度。二人的想法一致，讓崔涵薇和范衛衛辯論一番也是好事，理越辯越明，說不定還能碰撞出靈感的火花。

有時一個創意就可能是一場席捲整個互聯網的創業浪潮，據說微軟的誕生就是比爾・蓋茲和人辯論時得出的靈感火花。

「當然，雅虎日本在日本的成功就預示著雅虎中國在中國一定可以大放異彩，成為一統天下的門戶網站，必定會打敗興潮、絡容和索狸。」

范衛衛十分堅定地認為美國的互聯網公司不管是實力還是技術，都遠非國內的互聯網公司可比，在她的設想中，美國的互聯網公司進軍中國之後，早晚會一統中國的市場，就如微軟的作業系統在中國一家獨大一樣。

還有微軟的OFFICE，一開始在中國市場不是WPS的對手，但微軟重拳出擊，只用了一兩年時間就一統了天下，現在市場佔有率在百分之九十以上，WPS完全日薄西山了。

「雅虎在日本的成功不一定能在中國複製。」

崔涵薇也發現了商深有意讓她和范衛衛正面辯論，深吸一口氣，拿出了全副武裝，務必要和范衛衛一較高下。

「日本在互聯網時代缺少創新，互聯網創業更是落後了中國太多，可以說，中國雖然在實體經濟上比日本落後了些，但在互聯網創業上，和美國保持了齊頭並進的態勢，完全將日本甩在了身後。還有一點，日本人對互聯網沒什麼熱情，也不熱衷於互聯網創業，在雅虎進入日本之時，日本國內就沒有自己的門戶網站，所以雅虎日本才一舉成功。當然，雅虎日本的成功，其中還有安義正的推動之功。中國就完全不同了，中國現在已經有了三大門戶網站，並且都各有特色，佔領了市場，雅虎中國就算再有實力，也落後了一步不說，在創新和創意上，也不可能再比興潮、絡容和索狸完善多少……」

「你的理論聽上去很有道理，卻不過是坐井觀天的想當然罷了。」范衛衛冷笑一聲，「互聯網時代，除了創意和創新之外，技術和實力也是決定勝負的關鍵因素。在技術和實力上，三大門戶網站誰能比得了雅虎？」

「是，現在三家加在一起，恐怕市值也不及雅虎的幾十分之一，不，百分之一都不如。」

崔涵薇反倒淡定地笑了。

「如果完全只憑市場論英雄，那麼所有的互聯網創業公司都不用創業了，直接向走在前面的成功者投降就行了。但事實並非如此，追趕、超越和顛覆，是互聯網永恆的主題。」

商深深以為然地點點頭，互聯網時代就是一個草根逆襲的時代，許多不名一文的草根，借助互聯網的東風，因勢利導，一飛沖天。話說比爾・蓋茲也好，軟體銀行的安義正也好，包括雅虎的創始人楊致遠，都是草根出身，誰也不是出身於顯赫的權貴之家。正是他們有敏銳的眼光和把握時代脈搏的勇氣，才讓他們得以在眾多草根之中脫穎而出，成為時代的弄潮兒，並且功成名就。

范衛衛除了太西化之外，還有太根深蒂固的出身偏見，她卻忘了一點，在互聯網的創業浪潮中，從來沒有先來後到之說，也沒有任何論資排輩的說法，不管是誰，只要抓住了機遇，就有可能轉眼間從草根搖身一變成為呼風喚雨的人物。

「還有一個重要的原因，衛衛，你肯定沒有意識到雅虎中國的失策。」

崔涵薇表現出了足夠的涵養和養氣功夫，既不動怒，亦不急躁，依然是不慌不忙的語氣：「雅虎中國採用的是自己耕耘的策略，即完全以雅虎美國為主導，表面上是與方正合資了，其實只是為了獲取ＩＣＰ牌照資源，任用中國職業經理人團隊，執行全球統一的戰略和商業模式。從雅虎的全國戰略來說，執行全球統一的戰略和商業模式，也是一家跨國公司應有的管理方法，但雅虎顯然忽視了一個重要因素，中國是一個與眾不同的國家，有獨

特的國情和管理模式。」

雅虎中國在今年開始正式進軍中國，目前正處於籌備階段，但進入中國的勢頭已經勢不可擋了。雅虎也擺出了進軍中國之後要一統天下的雄心，大有風雲激盪之勢。

「不但世界範圍內的互聯網瞬息萬變，中國也是。雅虎中國是一個以美國人為主導的公司，沒有中國本土化的管理團隊，就沒有創新的動力，再加上沒有足夠的授權，這將會直接導致雅虎中國錯失在中國的每一次瞬息萬變之間的寶貴機會。」崔涵薇淡然一笑，「我敢斷言，雅虎中國在中國必將敗走麥城，就如MSN Messenger和Google中國一樣。」

「哈哈，崔董，您可真自信。」范衛衛掩嘴而笑，笑容中有說不出來的冷嘲熱諷，「不好意思，我和你的觀點恰恰相反，我認為不但雅虎中國會一統中國門戶網站的天下，MSN Messenger也會如OFFICE打敗ＷＰＳ一統中國的文字處理市場一樣，一統中國的網路即時通訊軟體的天下，還有，Google也會一統中國互聯網的搜尋引擎市場。」

「范總，你真自信，憑什麼認為美國的公司會全方位佔領中國的互聯網市場？難道說，外國的月亮是比中國的圓？」

文盛西終於聽不下去了，提出了自己的看法：

「不要太崇洋媚外了好不好？美國的科技和實力是比中國強，但科技和實力強大並不表明就能一統天下，照你的理論，美國早晚會統治世界了？」

「早晚？」范衛衛譏笑一聲，「美國現在不是已經統治世界了？如果不是美國一直在充當世界警察的角色，一直在維護世界的秩序和和平，世界早就亂套了。你能否認美國是世界警察的事實嗎？為了維護世界的秩序和和平，美國付出了多少人力財力，在美國人民浴血奮戰在第一線為了阿拉伯人民的幸福而獻出寶貴的生命時，中國又在做什麼？袖手旁觀，悶聲發財。和美國相比，中國格局很小，目光短淺，又自私自利！」

第三章

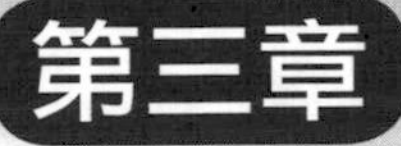

世紀豪賭

毛小小已經震驚得說不出話了，她今天參加飯局是無心之舉，
本不想來，但正好有事要和商深談，
再加上徐一莫也希望她加入商深的經濟班底中，她就來了，
沒想到來了之後，竟然目睹了一場世紀豪賭。

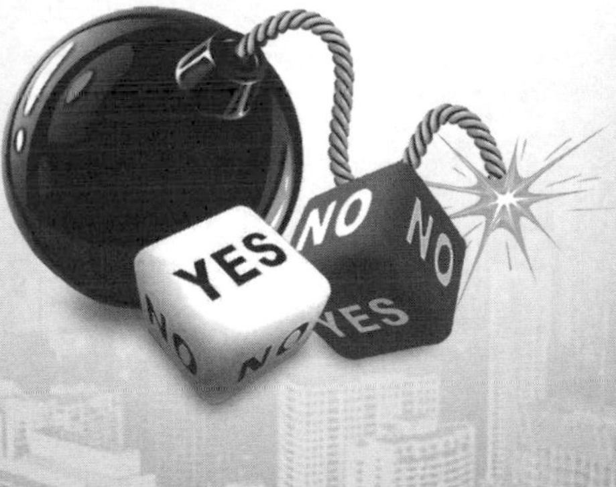

雖然早就知道范衛衛深受西方思想的影響，商深卻怎麼也沒有想到范衛衛的思想西化得會如此嚴重，竟然說出了近似賣國求榮的話來，他再難忍下心頭怒火，猛然一拍桌子：

「范總，你剛才的話如果讓范長天聽到，他會不會打你一個耳光然後罵你數典忘祖？」

范衛衛愣住了，像不認識一樣看了商深半天，才又冷冷一笑：「你想太多了，爸爸和我一樣，也是唯實力論者，不會阿Q式地陶醉在中國會恢復大唐盛世的幻想中。」

商深心中頗感悲哀，表面上看，范衛衛的崇洋媚外是因為生長在深圳，深受西化思想衝擊之故，其實深層的原因還是美國的宣傳機器遠勝於中國的教育導致。美國除了經濟和軍事上的強大之外，文化的侵襲和普世價值觀通過好萊塢大片和各種管道的宣揚，才是最讓人防不勝防的地方。

價值觀決定一個人的思想，思想決定的一個人所作所為，歸根結底，價值觀的影響力才是真正具有決定性力量的因素。

美國普世價值觀披著自由平等和博愛的外衣，通過各種好萊塢電影傳媒在潛移默化中影響了許多人的價值取向。歸根結底，根本原因還在於中國傳統文化的衰落，道德的喪失以及一切唯金錢論英雄的價值觀的盛行，才是讓國人集體崇洋媚外的根源。

現在再親耳聽到范衛衛的一番推崇美國的論點，商深不再如以前一般熱血沸騰，非要和對方辯論出一個高低勝負不可。

他拍完桌子後，又若無其事地坐回座位，淡淡地看了范衛衛一眼，平靜地說：「覺得美國會統治世界，才是阿Q式的幻想和自我安慰。中國曾經領先世界幾千年，也就是近一百多年才落後了，就當是老虎累了睏了打了個盹，早晚還會醒來。范總，我們不妨打一個賭。」

「賭什麼？」

范衛衛心中對商深僅有的一絲好感因為剛才的意見分歧而消失殆盡，她隱隱有一絲慶幸，幸好自己離開了商深，否則如果現在還和商深在一起，也許會因為價值觀的不同而經常發生爭吵，現在看來，分手反倒是最好的選擇了。

「賭雅虎中國在中國的成敗。」

「好。」范衛衛一口答應，頓了頓又說：「不如再加上MSN Messenger和Google中國！我預言，雅虎中國以及MSN Messenger和Google中國都會在

中國大放光彩，並且成為中國互聯網各個領域的領軍者。」

「我預言上述幾個都會在中國敗走麥城。」商深堅定無比地回應范衛衛。

范衛衛勉強一笑：「好，既然我們的看法正好相反，就賭他們在中國的成敗，如果他們成功了，就是我贏了；如果他們失敗了，就是你贏了。說吧，輸贏各賭什麼？」

「是呀，賭什麼呢？」商深看向了崔涵薇，「涵薇，你來說個賭注吧。」

崔涵薇認真地想了想：「誰輸了，誰就退出互聯網行業？這個賭注會不會太大了？」

「不大，我同意。」范衛衛立即附議，「誰輸了，誰就將自己的公司打折出售給對方，然後退出互聯網行業。」

「這……」文盛西驚呆了，「玩得太大了吧？隨便賭個幾萬幾十萬也行，賭退出互聯網行業，太誇張了，沒必要，真沒必要。」

「不，有必要。」范衛衛又恢復了強勢，自信滿滿，咄咄逼人，「商總，賭不賭全在你一句話，現在認輸還來得及！」

「賭，為什麼不賭?!」

商深笑了，胸有成竹地說：「我正有意收購范總的公司，到時范總可要信守承諾，不要不認帳呀。」

「不認帳？我和你不一樣，只要是說過的話，永遠會記在心上。」

范衛衛幽怨地白了商深一眼，轉身拿出筆電，打開後，在電腦上敲擊了一番，然後說：「我打了一份協議，你看看有沒有問題，沒問題的話，等下列印出來簽字。口說無憑，敢不敢立字為證？」

「如果你覺得有必要，就立字為證好了。」

本來是好好的一次聚會，沒想到由一番爭論引發成一場豪賭，商深除了大感無語之外，亦心有觸動，范衛衛的話明顯是提醒當年他欠她情債之事，她手中還有他的字據。

「當然有必要，因為中國人的誠信都有問題，賴帳是常事。」范衛衛又無限上綱上線了。

「真的要立字據？」

崔涵薇有幾分猶豫，萬一輸了，真要因此而退出互聯網行業就太虧了。

「萬一贏了，有人要賴帳，字據一亮，我們就可以收購天衛了。」商深點頭，信心十足，「涵薇，你對我沒信心不要緊，但一定要對中國國情有信心。」

也是怪了，商深的一句話就讓崔涵薇瞬間鼓足了勇氣：「從前不會，現在不會，未來也不會對你失去信心。」

「真要立字為證？」

文盛西嚇到了，不理解商深和范衛衛為什麼要玩這麼大，「商深，你可要考慮清楚，一旦簽字，就是白紙黑字，沒有回頭路可走了。」

「想好了。」商深自信地道：「就和我當初借錢讓你擴大經營一樣，文哥，我相信自己的眼光，對你有信心，對中國互聯網的未來不會被跨國集團統治，更有信心。」

「好，我支持你。」

文盛西也被商深的情緒感染了，忽然覺得商深雖然沒有誇誇其談聲稱他有多愛國，但在骨子裡，他的愛國情懷以及對中國必然強盛的強大自信，都落在了和范衛衛的打賭之上。

毛小小已經震驚得說不出話了，她今天參加飯局是無心之舉，本不想來，但正好有事要和商深談，再加上徐一莫也希望她加入商深的經濟班底，她就來了，沒想到來了之後，竟然目睹了一場世紀豪賭。

是的，確實是一場世紀豪賭，表面上是商深和范衛衛之間的個人打賭，其實二人賭的是中國和美國國力在未來的此消彼長。

商深認為未來是中國的時代，中國會一步步追趕並且超越美國。而范衛衛賭是的在未來一百年美國必將會繼續統治世界，中國在各個領域都沒有辦法和美國抗衡，最終會臣服在美國的權威之下，成為美國的附庸。

飯後，范衛衛特意讓服務員去附近的便利商店印出協議，商深二話不說簽上自己的名字。協議一式兩份，商深和范衛衛各執一份，賭約就算是正式生效。

送走了范衛衛，商深、崔涵薇和文盛西、毛小小並沒有就此別過，幾人又找了家茶館，繼續喝茶聊天。

不管是文盛西還是毛小小，都還有話要對商深說。

「商哥哥，你和范衛衛打賭的事我就不多說了，反正事情已經發生了，說什麼也沒有用，但我覺得你太衝動太不理智了。」

說是不說，毛小小還是忍不住發表了自己的看法，好在她很聰明地點到為止，「上次你說過，想讓我加入你的經濟班底，現在我明確地答覆你。」

「嗯？」商深微笑地看著毛小小。

「我同意！」

「太好了！」

商深大喜，有了毛小小的加入，他的經濟班底就增加了一員大將，在未來，金融方面的人才會越來越緊缺，毫不誇張地說，在不久的將來，毛小小會成為商深的最為倚重的左膀右臂。

「歡迎，熱烈歡迎。」

商深站起，伸出雙手和毛小小握手。

文盛西愣了下，他認識商深很久，從來沒見過商深如此器重一個人，而且對方還是一個看上去沒有什麼的小女孩，她有什麼值得商深如此高看的地方？

文盛西不知道，幾年後，毛小小在商深的控股投資公司做到了投資總監的位置。在商深的商業帝國進行每一筆投資、參股、收購等活動時，她準確無誤的核算以及精準的投資眼光，為商深的商業帝國的擴張提供了強有力的安全保障，用一人可抵百萬兵來形容她的重要性，一點也不過分。

崔涵薇雖然還看不出來毛小小所能起到的作用，卻深信商深的決定肯定有其理由，在對毛小小表示了歡迎後，她有些不放心商深和范衛衛的賭局，說道：「你就這麼有自信？」

毛小小也不理解商深的做法：「范衛衛明顯有賭氣和激將的成分，商哥哥，你剛才是不是被她氣瘋了，一怒之下就簽了協議？」

文盛西也是不解地問道：「商深，你從哪裡判斷MSN Messenger、Google中國和雅虎中國一定會敗走中國？」

「你們要聽真話還是假話？」商深笑道：「假話就是我有許多理論依據，認定上面三家美國公司不會在中國有長遠的前景，真話就是……」

頓了頓，商深嘿嘿一笑：「判斷依據其實是──想當然。」

「啊？想當然？商深，你是在拿自己的未來開玩笑呀，萬一輸了，難道你真的要把公司轉讓給范衛衛，然後從此退出互聯網行業？」

文盛西被商深氣壞了，打了商深一拳，責備道：「我一直以為你是一個事事都胸有成竹的人，沒想到你小事上認真，大事上胡鬧。有些事情不能胡鬧，別搞到沒有辦法收場的時候，後悔也晚了。」

「我想當然地認為互聯網會有前景，也想當然地認為上面三家美國公司會敗走中國。反過來說，范衛衛也是想當然地認為上面三家美國公司會一統天下。但如果我們思維的角度再高一些，站在中國互聯網全域的角度考慮問題，文哥，你設想一下，就國家層面而言，會允許外國，尤其是美國的公司統一中國的互聯網市場嗎？」

商深又流露出了自信的笑容，「先說雅虎中國。去年雅虎中國就有意進軍中國了，但雷聲大雨點小，直到今年才有些眉目，這說明什麼？說明不管是ICP牌照還是進軍中國所需要的各項手續，他們都碰到了意想不到的阻力。再從雅虎中國成立後，全盤照搬美國的管理模式也可以看出，雅虎中國也有大型跨國集團常見的大企業病，再加上雅虎總部對雅虎中國放權不夠，雅虎中國事事聽從總部的指示再做出決定，在瞬息萬變的互聯網時代，吃資本主義大鍋飯，不會有創新精神和創新動力，必然會敗給土生土長的興潮、絡容和索狸。」

文盛西若有所思，既不贊成又不反對。

毛小小聽了不禁連連點頭：「有道理。」

崔涵薇出國留學過，對美國企業的管理文化有一定的認知，評論道：「商深的話確實一語中的，美國企業表面上反對種族歧視，實際上，在具體事情上，還是白人至上的原則，對白人以外的有色人種有根深蒂固的排斥和不信任。雅虎中國似乎只是雅虎在中國的銷售部和產品推廣部，沒有自己的技術、研發和產品，沒有足夠的授權，事事受到總部的牽制，不失敗才怪。」

在斯威夫特的奇幻小說《格利佛遊記》裡，有一種粗俗、低級的人形動物，名字就叫「Yahoo」。一九九五年，楊致遠和費羅用這個英文命名了他們創立的網站。一年後，Yahoo在美國上市，上市當天便使紅杉資本的投資增值兩百倍，位列「納斯達克上市首日最賺錢股票」之一。

同年，Yahoo開設了日本、法國、德國、加拿大等國的搜索網站。Yahoo一度是全球訪問量第一的網站。二〇〇八年，Yahoo拒絕了微軟總價高達四百四十億美元的收購意向。

美國東部時間二〇一五年三月十九日，在紐約的納斯達克，Yahoo當日以四十四點九八美元收盤，較上一交易日上漲百分之零點六九，然而與雅虎市值上漲截然不同的是，在地球的另一端，雅虎北京研發中心卻是山雨欲來，——雅虎中國宣布將全面退出中國。

雅虎中國經過十幾年的營運，還是在興潮、索狸和絡容三大門戶網站的夾擊之下，舉步維艱，最終不得不做出了退出中國的艱難決定。

二〇一三年三月十五日，微軟公司在除中國內地之外的全球範圍內關閉了即時通訊軟體MSN Messenger，Skype取而代之。在微軟公佈了消息之後，不少人猜測在全球範圍內只剩下了中國的市場，難道說ＭＳＮ在中國市場非常成功？

僅僅一年多之後，二〇一四年十月三十一日，MSN Messenger就宣布正式退出中國市場，在中國經營了十幾年之久，曾經和企鵝有過長達數年戰爭的ＭＳＮ最終功敗垂成，黯然收場。

二〇一〇年一月十三日，Google在其官方網站上發佈了一篇名為《A new approach to China》的博文，在博文中，Google官方透露，將停止在中國過濾搜索結果。

在中國市場上停止過濾搜索結果，這意味著Google對於搜索結果的處理將不再依據中國法律，因此可以得知，Google中國將有可能退出中國市場。

隨後在世界互聯網搜索巨頭谷歌對中國網路管理的直接衝撞也引發了一場「地震」，網民關於「谷歌退出中國」的爭論如地震一般席捲中國互聯網，網路上支持谷歌的「Ｇ粉」和擁護千方的「千粉」，立刻展開網上論戰，火藥味十足的交鋒充斥論壇。

隨著美國白宮表態力挺谷歌以及中國外交部作出回應，網路上又開始出現了越來越多不同於兩大陣營的聲音，有網友開始反思在華跨國企業行為的影響以及中國互聯網的未來發展等問題。

到二〇一〇年三月，谷歌中國正式退出中國。徹底關上了中國的大門。三家美國公司的中國之路，MSN和雅虎中國是因為自身的經營原因而敗走中國，谷歌則是因為過於強調自身的商業原則而和中國的法律衝突，不得不退出中國市場。商深對三家美國公司的判斷，被時間證明了正確性。

次日，商深在辦公室等來了特意從深圳趕來的馬化龍和王向西一行。

ＯＩＣＱ推出後，註冊用戶飛速上升，短短時間內就突破了一百萬。據樂觀估計，到年底註冊用戶達到五百萬不成問題。ＯＩＣＱ的迅猛發展，將同時代的ＣＩＣＱ、ＰＩＣＱ和網際精靈等功能相近的其他網路即時通訊軟體遠遠地拋到了身後，就如商深的電腦管理大師是電腦管理軟體中的一枝獨秀一樣。

「我估計，到二〇〇〇年年底，註冊用戶有望達到四千萬！」

馬化龍被來勢洶洶的勝利衝擊得熱情高漲，對未來充滿了希望。

「ＯＩＣＱ的成功，商深，有你一半的功勞，我代表企鵝公司，代表向西，謝謝你。」

商深沒有坐在他寬大的轉椅上，而是和馬化龍、王向西平坐在沙發上，以示對馬化龍、王向西的尊重。

馬化龍和王向西的臉上寫滿了朝氣和嚮往，ＯＩＣＱ一推出就成為閃亮的一朵浪花，說明邁出的第一步完全走對了方向。

「哈哈，小馬哥過獎了，要我說，ＯＩＣＱ的成功，有向西一半的功勞，有我五分之一的功勞，剩下的功勞都是你的。」商深不敢居功，「接下來的發展方向想好沒有？」

「想好了，除了進一步完善ＯＩＣＱ的各項功能繼續吸引註冊用戶之外，要積極的融資才能保證公司的生存和發展。註冊用戶增長過快，伺服器不堪重負，各項開支迅速增加，現在有點吃不消了。」

馬化龍微有憂色。

「資金問題我或許可以幫忙想想辦法。」

商深以為馬化龍此來是為了融資之事。雖然現在他的資金也不十分充裕，但還沒有到捉襟見肘的程度。

在電腦管理大師即將賣給興潮網之時，索狸網對螞蟻搬家也表現出了濃郁的興趣。以商深的理念，不管是電腦管理大師還是螞蟻搬家，都不會直接變現，只會交換對方的股份，好在他的背後有崔涵薇的支持，而且崔明哲也發話了，如果有資金上面的困難，可以向他開口。

當然，如果商深想變現的話也很容易，電腦管理大師或是螞蟻搬家各賣到一百萬美元不在話下。

「資金問題我會想想別的辦法。」馬化龍謝絕了商深的好意，「我不能總是依賴你的資助，必須自己想法打開局面才行，我想賣掉OICQ……」

「啊？」商深大吃一驚，從遠景來看，OICQ的未來不可限量，現在賣掉就太可惜了，「不能賣，現在賣，太不合適了。」

「實在是沒有辦法。」馬化龍搖搖頭，「資金短缺是一方面，另一方面，美國線上指控OICQ侵權，向公司發了律師函，要求立刻停用OICQ的名字，否則將會起訴公司。現在是內憂外患，我有點心灰意冷，想賣掉OICQ。已經接觸了一家，我要價一百萬，對方出價六十萬，我沒同意，現在還在僵持階段……」

不要說一百萬了，就是兩百萬，商深也拿得出來，商深本想開口說他可以出一百萬買下OICQ，話到嘴邊又咽了回去，如果馬化龍真心想賣掉

ＯＩＣＱ，恐怕早就和他提了。仔細一想，馬化龍應該並沒有真正下定決心要賣掉ＯＩＣＱ，或許他對外開價，只是為了轉移視線或是緩兵之計。

不過現在國內的智慧財產權保護涉及到外交事件就是大事了。ＩＣＱ的所有者現在是美國線上，美國線上向馬化龍提出抗議，如果馬化龍不予理會的話，或許對方會通過外交途徑解決，就麻煩大了。

「本來ＯＩＣＱ申請了個國際功能變數名稱，現在功能變數名稱有被收回的可能。」馬化龍搖了搖頭，「功能變數名稱是美國控制的資源，美國人想怎樣就怎樣，所以這件事情很棘手。」

這麼說，只有改名一條路了？商深想了想，問道：「想好新名字了嗎？如果必須改名的話，越早越好。」

「還沒有想好，美國線上只是發了律師函，估計也是投石問路，我的意思是再堅持一段時間，如果對方執意認為ＯＩＣＱ和ＩＣＱ的名字有衝突的話，到時再說好了。」

王向西比馬化龍更淡定一些，笑道：「目前的當務之急是融資，化龍有想賣掉ＯＩＣＱ的想法，我不太同意。我和他來北京，也是想尋找投資，看有沒有融資的機會。」

商深點點頭，大概猜到了馬化龍和王向西的來意，一是二人不好意思再接受他的資金，二是由於他已經持有了企鵝的股份，如果追加資金過多，達到了控股的比例，也是馬化龍和王向西不願意看到的結果。畢竟，ＯＩＣＱ雖然有他的參與，終究還是馬化龍和王向西的心血，就如電腦管理大師他也愛如珍寶一樣，若非因為他另有打算，斷然不會出售一樣。

馬化龍和王向西再向別人融資，會多一名股東進入，雖然會稀釋馬化龍和王向西的股份，但至少可以保證他和王向西以及其他幾名創始人的控股權，商深想通此節，說道：「如果有需要我幫忙的地方，儘管說，我盡力而為。」

馬化龍和王向西交流了一下眼神，二人都對商深的聰明、大度以及看破卻不說破的人生智慧暗暗讚嘆，雖說在商言商是商人的本性，但商人首先是人，人性是最高的學歷，也是最高的準則。

來北京前，二人還以為商深會趁火打劫提出增資以提高持股比例，從而達到控股的目的，二人為此還想好了對策，如果商深執意如此，他們就以退為進，另想出路。沒想到，商深只提了提增資的事就略過不說了，很明顯商深無意控股企鵝。

雖然現在企鵝還很弱小，別說以後是不是可以成為參天大樹了，就是能不能存活下來還未可知，但馬化龍和王向西還是不希望企鵝落到別人手中。晚上，商深請馬化龍和王向西吃飯，席間，商深說到了他未來的規劃。「祝你早日成為中國的羅斯柴爾德。」王向西聽完商深的志向後，對商深無比崇拜。

和大多數人渴望功成名就、成為呼風喚雨的風雲人物不同的是，商深只想當一個安靜的人，坐在一個無人知道的角落中，品一杯香茶，笑看世事風雲變幻潮起潮落，而他從來不會為之心動。

實際上，看似事了拂衣去、深藏身與名的商深，卻是個不折不扣的頂級富豪，不但坐擁外人想像不到的巨額財富，也擁有無與倫比的影響力，暗中操縱經濟局勢和經濟走向，他的一個暗示、一個指示，都有可能引發金融危機或是金融海嘯。

就如從來籍籍無名的羅斯柴爾德（Rothschild）家族，有相當長的一段時間內，世人無人知道他們的存在，卻長期生活在他們的陰影之下，大到一個國家的興衰，中到國家總統的選舉，小到一次金融危機的爆發，背後都有羅斯柴爾德家族的影子。那麼，羅斯柴爾德家族到底是何方神聖？

商深哈哈大笑：「在中國的土壤之上，生長不出來羅斯柴爾德家族。」嘴上這麼說，他心裡卻隱有期待，即使他成不了羅斯柴爾德一樣的人物，至少也可以將羅斯柴爾德當成人生目標。

有人曾這樣評說這個家族：羅斯柴爾德家族是地球上最為神秘的古老家族，一個隱藏在這個世界陰暗面的控制者，一個控制西方世界經濟命脈近兩個世紀的強大家族！

或許對絕大多數普通人來說它是陌生的，因為在大眾傳媒時代，人們的目光或許只會關注到類似「洛克菲勒家族」或者「摩根家族」這些聲明顯赫的家庭上。然而二十世紀二戰前的美國，曾經有一句經典的話形容當時美國的情況：「民主黨是屬於摩根家族的，共和黨是屬於洛克菲勒家族的」，其實在這句話後面還應該跟一句「而洛克菲勒和摩根，都曾經是屬於羅斯柴爾德家族的！」

進一步說，羅斯柴爾德家族，不僅拉菲集團是他家的，蘇伊士運河是他家借錢給英格蘭買下的，而且百分之八十的印度鐵路都是他家建的，而「鑽石恆久遠，一顆永流傳」的鑽石公司戴比爾斯，也是他們家投資的。

同時，美聯儲最大的股東也是他家。在英國的羅斯柴爾德銀行，儲存有

這個世界上最多的金條，如是等等，但是，為了不公開年報，遍佈全球三十多個國家的羅斯柴爾德銀行至今都不選擇上市，低調地躲在世人目光的背後，漠然地以俯視蒼生的高度來掌管世界，儼然就如出世的神人高高在上而又和每個人息息相關。

據傳，羅斯柴爾德家族擁有五十萬億美元的財富，並且傳承了八代，曾控制並主宰西方世界的金融業長達百年之久，他們被認為是用金錢和商業手腕征服世界的「第六帝國」，他們，是真正的世界首富，人類歷史上最有權勢的商業集團，最不可思議的隱形掌門人！

問題來了，羅斯柴爾德這個神奇的家族究竟為什麼如此富有和強大？

羅斯柴爾德一詞起源於「紅盾」，其家族從十六世紀起定居於德國法蘭克福的猶太區。當時因為沒有街名和門牌號碼，這個家族便被稱為「羅斯柴爾德家」，一直沿用至今。羅斯柴爾德家族在法蘭克福城默默無聞地度過了兩個多世紀，直到十八世紀才開始發跡。

使這個古老的家庭開始興旺發達的，是梅耶・羅斯柴爾德（一七四四至一八一二年）。他和他的五個兒子即「羅氏五虎」，先後在法蘭克福、倫敦、巴黎、維也納、那不勒斯等歐洲著名城市開設銀行，建立了當時世界上最大的金融王國。

由於天才般的經商頭腦，羅氏五虎迅速積累了大量財富，並且逐漸掌控了歐洲的經濟命脈，在鼎盛時期，他們翻雲覆雨的力量讓歐洲的王宮貴族不但甘拜下風，並且乖乖的俯首稱臣。

羅斯柴爾德的財富傳奇，其實是一個無法複製的神話，因為羅斯柴爾德家族跨越了拿破崙戰爭、法國革命、兩次世界大戰，借助世界局勢的巨變，以超乎常人的戰略思維、敏銳眼光和對時局的分析掌控能力大發其財，固然是因為羅斯柴爾德具備任何一個成功商人都必備的素質，還在於他們順應了時代潮流，站在了時代的前端。再加上他們高人一等的政治頭腦，才將他們的商業帝國擴大到了影響政局的高度。

商深無法複製羅斯柴爾德家族的傳奇，因為政治原因以及歷史原因，但商深可以複製羅斯柴爾德家族的商業帝國之路，現在是互聯網時代，互聯網時代完全可以拋開政治因素，因為互聯網是一個沒有邊界沒有國界的世界——新世界。

同時，商深還可以從羅斯柴爾德家庭的傳承上學到許多東西，中國有一句古話——富不過三代——羅斯柴爾德家族能夠創造富過八代的傳奇，其中肯定有許多寶貴的經驗可以借鑑。

也許有人不相信羅斯柴爾德家族的傳奇，可能會說，為什麼很多人都不知道羅斯柴爾德家族是世界首富？比如比爾・蓋茲人人皆知，再比如洛克菲勒和摩根家族，等等，為什麼從來沒有見過羅斯柴爾德家族在世界各大媒體上露面？

原因其實很簡單，只因為羅斯柴爾德家族習慣了低調，習慣了不顯山不露水，並不想曝光在公眾的目光之下。還因為以羅斯柴爾德家族的實力和影響力，已經利用自身的力量封堵了所有媒體的嘴巴。

「明天我要和代俊偉談談，小馬哥、向西，你們有沒有興趣和代俊偉認識一下？」商深希望業界的風雲人物都可以攜手共進。

不過讓他失望的是，馬化龍的心思不在認識代俊偉的上面，他搖搖頭：「我來北京的主要目的是融資，認識代俊偉……不急，以後有的是機會。」

既然如此，商深也不再勉強。

第四章

互聯網三小龍

范衛衛朝代俊偉笑了笑：「代總，馬總你也見過了，
以前有張向西、絡容和王陽朝網路三劍客之稱，
現在有商深、馬朵、馬化龍互聯網三小龍之稱，
江山代有人才出，以後的互聯網，也許就是商深、馬朵和馬化龍的天下了。」

晚上回到家中，已經是九點多了，商深一屁股坐在沙發上，累得連話都不想說了。最近忙得團團轉，見了馬朵和馬化龍，明天還要見代俊偉，不出意外，以上三人的未來會和他的未來緊密相連在一起，所以再苦再累也得佈局。

倒是和葉十三的戰爭最近暫時消停了。

葉十三的中文上網外掛程式主動提供了卸載功能之後，卻又增加了卸載之後劫持主頁的遺留問題，商深在後續的電腦管理大師之中增加了恢復主頁並且鎖定主頁的功能，讓深受中文上網外掛程式之苦的用戶可以恢復乾淨的主頁，還用戶自由選擇的權力。

之後，葉十三沒有進一步有所動作，據說葉十三正在和雅虎方面商談出售中文上網網站事宜。具體內幕和真相，商深沒有打聽清楚，不過以他對葉十三的瞭解，葉十三不會到現在就轉手賣出不想玩了，葉十三應該還想繼續玩下去，直到互聯網第一波浪潮達到頂峰時為止。

或許外面盛傳雅虎有意收購中文上網網站的消息，不過是葉十三有意的放風罷了，是為了提高中文上網網站的估值，也是為了提升知名度。

經過幾輪宣傳和炒作之後，中文上網網站已經成為了業內名氣第一的網站，當然，電腦管理大師也成為了下載量第一的軟體，可以說各得其所了。

「我剛剛接到了伊童的電話……」

商深正想得入神時，忽然從房間中傳出了一個聲音，嚇了他一跳，抬頭一看，崔涵薇穿了身睡衣，施施然悄無聲息地來到面前。

雖是冬天，但房間暖氣宜人的緣故，她光著腳踩在木地板上，露出了光潔的腳踝，步伐輕盈，體態靈動，宛如一隻飛來飛去的蝴蝶。

原來崔涵薇也在家，商深啞然失笑，他居然沒有發現家中還有人。萬一他無意中說了什麼不該說的話讓崔涵薇聽到，豈不壞事了？當然，他也沒有什麼需要隱瞞崔涵薇的事。

「伊童又有什麼想法，或者說，又出什麼怪招了？」

「怎麼這麼說人家？」

崔涵薇嫣然一笑，坐到商深的旁邊，抱住商深的胳膊，「她沒說工作上的事，說的是私事。」

商深一愣，「你和她還有私交？」

「當然有私交了，雖然關係不是那麼好，但也算認識好多年了。」崔涵

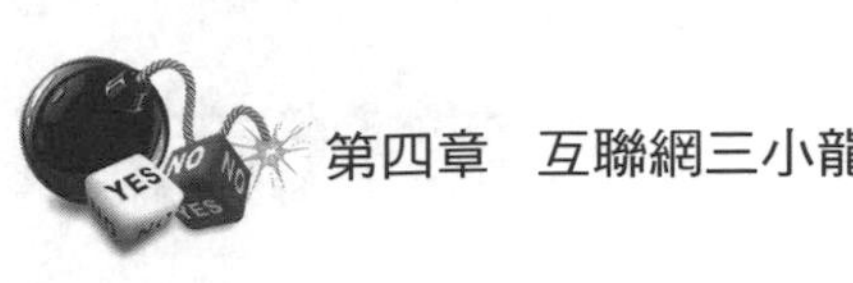

薇幽幽地嘆息一聲，「人活得累，一半緣於生存，一半緣於攀比。其實伊童從本質上講不是個壞女孩，只不過她太爭強好勝了，總想比過我，卻忘了做人最重要的是開心。就算勝過我了又能如何？比我更優秀的還大有人在，你能比別人都優秀嗎？不可能。北京集中了全國最有錢最有權最有影響力的各種人才，你永遠只是滄海一粟。」

商深向崔涵薇投去了讚許的目光。

一個人可以生而平凡或是生而不凡，但如果不放對自己的位置，怨天尤人或是自高自大，都會陷入痛苦的深淵之中。最正確最好的心態就是做好自己，自己開心快樂就好。

「伊童說，她越來越喜歡葉十三了，想徵求一下我的意見。」

「伊童喜歡葉十三？」商深十分不解，「伊童不是畢京的女朋友嗎？你等等，我聽上去怎麼覺得有點亂？」

「亂就對了，不亂就不是伊童的性格了。」崔涵薇笑說：「其實，她喜歡畢京也好，喜歡葉十三也好，都很正常，她本就是個隨性的人，喜歡誰沒來由也沒理由，喜歡就喜歡了，由著性子來。不過我不明白的是，她不問別人，卻偏偏問我葉十三是不是值得她託付終生？我怎麼知道葉十三的為人？

就是你，也不敢保證葉十三一輩子對伊童好，對吧？」

商深點點頭，懶得去管伊童為什麼會移情別戀喜歡葉十三，卻也可以理解伊童患得患失的心理，道：「是呀，雖然我從小和葉十三一起長大，但現在也看不透他了，他越來越複雜了。而且以我的性格，我是不願意介入別人的感情私事的。你怎麼答覆的？」

「我說……」崔涵薇嫣然一笑，「我說我又不喜歡葉十三，不瞭解他的為人，不知道他是不是一個可以託付終生的人。我對伊童說，愛情和事業一樣，表面上賭是自己的眼光，其實拼的是自己的人品。」

說得好有道理，商深很驚訝，沒想到崔涵薇回答得如此深度，他拍拍崔涵薇的肩膀：「薇薇越來越了不起了，聰明、大度、知書達禮，是完美的女人。」

「我完美嗎？」崔涵薇仰起小臉。

「當然！」商深重重地點頭。

「你錯了。」崔涵薇搖頭，「花未全開月未圓，才是最好的狀態，花一全開月一圓，就是花謝月虧的開始，所以，人生不能圓滿，人也不能完美。」

商深將崔涵薇攬入懷中，將頭埋在崔涵薇的髮間：「在我的心目中，你就是最完美的女人。」

「范衛衛在你心目中，是不是也曾經完美過？」

「……」

商深不知道該如何回答崔涵薇，想了想，「在每個人生階段，對完美的定義都不盡相同，經歷越多，見識越廣，對完美的要求就越高。」

「我明白了。」

崔涵薇是個聰明女子，不會追問到底，商深的話已經讓她非常開心了，「你說，我們什麼時候結婚好？」

商深沒有正面回答崔涵薇的話：「待你長髮及腰，我當打馬回朝……」

「待我長髮及腰，少年娶我可好？」

商深還沒有來得及回答崔涵薇，崔涵薇的手機卻突然響了，在寂靜的夜裡就如劃破夜空的閃電，打破了房間中旖旎的氛圍。

「一莫的電話打來的真不是時候……」崔涵薇嘟囔了句，雖不情願，還是接了電話，「喂，一莫，怎麼了？」

「薇薇，出事了，出大事了。」

徐一莫急急的聲音傳來，震得崔涵薇耳朵嗡嗡直響。

「商總在不在？你有沒有和他在一起？他的手機打不通，是不是在做什麼壞事所以故意關掉了手機？」

這什麼跟什麼啊？崔涵薇無語，鎮定地問道：「什麼大事呀？你別總是一驚一乍的，好歹你也快進入公司的管理高層了，還沒個正形，這樣下去沒有辦法服眾呀。」

「不和你說，和你也說不清楚，快讓商總接電話。」徐一莫催促道：「薇薇，你別搗亂行不行？我真的有正事。」

崔涵薇將手機遞給商深，眨了眨眼：「你的一莫妹妹現在有話不和我說，只和你說，是不是有什麼情況？」

「當然有情況了。」商深嘻嘻一笑，看了一眼自己的手機，發現不知何時自動關機了，就接過崔涵薇的手機，「一莫，有什麼事不能直接向崔董彙報，非要找我？」

徐一莫不理會商深的官腔，開門見山：「商總，你猜我剛才見到誰了？」

若是別人說出如此無聊的話，商深完全沒有興趣和耐心回答，但徐一莫不是別人，他只好無奈地說：「有話快說，有事快講，不要胡鬧。」

「真沒意思。」徐一莫嘻嘻笑道：「你就不能有點八卦精神？不要總陷

在工作中，否則人生就太無趣了。好吧，不扯了，告訴你吧，我看到杜子清了。」

看到杜子清有什麼稀奇？商深無言：「一莫，你如果沒有事的話，就晚安吧。」

「商哥哥，你太不經逗了，好吧，不和你鬧了。我見到杜子清沒什麼，是吧？但是杜子清卻是和畢京在一起。」徐一莫一副發現新大陸的口吻。

杜子清和畢京？商深愣了一下，又一想，杜子清和畢京是老鄉，二人從小就認識，在一起再正常不過，沒什麼值得大驚小怪的，呵呵一笑：「他們在一起做什麼？」

「問題就在這裡，如果他們只是走在一起也就算了，他們還手牽手走在一起，你說怪不怪？」

徐一莫回想起剛才看到的一幕，直到現在還不敢相信自己的眼睛，杜子清當初那麼愛葉十三，好吧，葉十三和她分手了，她再和別人在一起也沒什麼，可問題是，畢京不是對范衛衛念念不忘嗎？怎麼一轉眼又和杜子清成雙入對了？

再一想畢京的女朋友伊童和葉十三也建立了戀愛關係，徐一莫感覺整個都不對了，亂套了，全亂套了！

商深也迷糊了，是有點怪！他不去猜測杜子清的心理，只想畢京到底是什麼想法。以他對畢京的瞭解，畢京應該是一個對范衛衛一念成執的情癡，況且范衛衛現在又是單身，他應該不會輕言放棄才對，怎麼會和杜子清戀愛起來了？

「本來我想追過去問個清楚，後來一想，算了，人家是正當的戀愛關係，我管的哪門子閒事啊？也就沒有繼續跟下去。結果就在我剛要轉身離開的當下，又有了新情況……」

雖然徐一莫不在眼前，但她起伏的聲調和誇張的語氣，讓商深只聽其聲就可以想像當時的情景。

「畢京和杜子清手牽手進了一家咖啡館，然後又有兩個人出現了，竟然是范衛衛和葉十三！還好他們沒有手牽手，否則我非得錯亂不可。不過明顯看得出來，范衛衛和葉十三是在跟蹤畢京和杜子清，唉，雖然我不是一個喜歡八卦的人，但事情也太有意思了，到底是誰背叛了誰？誰又欺騙了誰，內情之複雜，內幕之驚人，完全可以拍一部連續劇了。」

確實有點意思，商深想了想，說：「隨他們去吧，現在是自由戀愛的時代，誰愛喜歡誰，是個人自由。倒是你，以後多把心思用到正途上，你再不努力，說不定有一天會被毛小小超過了。」

「超過就超過，有什麼了不起？我又不是事業型的女強人，我就是我，只要開心快樂就好，才不會想那麼多。你和薇薇好好珍惜在一起的每一天，誰也不敢保證明天，對不對？」

徐一莫說完就掛斷了電話。

這倒是，誰也不敢保證明天，商深收回思緒，不再去多想畢京和杜子清到底是不是真的戀愛，他現在的心思已經被越來越洶湧的互聯網浪潮充滿了。

正要和崔涵薇說徐一莫剛才講的電話內容，回身一看，崔涵薇側躺在沙發上，蜷著身子，像一隻乖巧的小貓一般，居然睡著了。

沉睡中的崔涵薇，相貌沉靜如蓮，玲瓏的身材起伏如峰巒，橫看成嶺側成峰，遠近高低各不同，猶如一幅遠山近水的山水畫。玉足盈盈一握，細腰不過兩尺，長腿如林，玉面如花，玉體橫陳，無盡美感無盡遐思。

商深怦然心動，俯身下去，悄然在崔涵薇光潔的額頭輕輕一吻，彎腰將她抱起，送到臥室中。剛幫崔涵薇蓋好被子，轉身要走的時候，卻被她的右手抓住了。

「別走，陪我，好嗎？」崔涵薇的聲音輕如蚊蟲，幾不可聞。

夜色濃重如霧，商深再次在崔涵薇的額頭上用力一吻：「薇薇，等我們結婚的時候，我會陪你到天長地久。」

崔涵薇其實並沒有太多其他的想法，只是想躺在商深的懷中安然入睡，但商深很有分寸的拒絕，讓她瞬間清醒並且恢復了理智，更加敬重商深的為人了。

一個可以克制自己欲望的男人，絕對是經得起考驗值得信賴的男人，她臉色緋紅，雙眼如霧：「商深，此生，我非你不嫁。」

商深感受到了崔涵薇的真情流露，也一時意動：「最難消受美人恩，薇薇，我不會辜負你的所有付出。」

第二天下午，商深接到馬化龍的電話，馬化龍在北京的事情進展並不十分順利，要提前回去了。商深本想送他一程，他卻說不用，商深也就沒再堅持。

晚上，接到代俊偉的電話，代俊偉已經回國，第一個見的人就是商深。

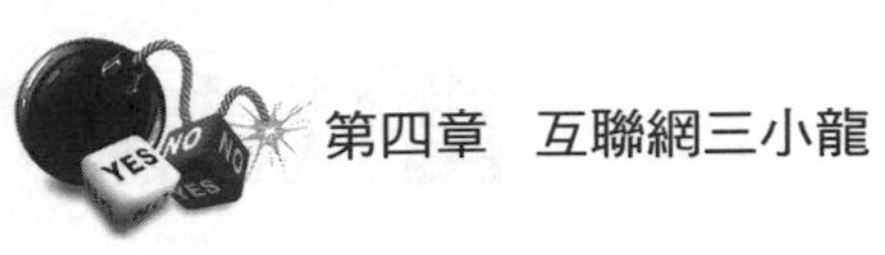

商深和代俊偉約好了見面地點，剛想通知馬朵一聲，馬朵的電話就無巧不巧地打了進來。

「商老弟，我明天一早回杭州，今天晚上有沒有時間一起聚聚，也算是為了告別。」

這麼快？商深一驚，不過一想也是，馬化龍在推出OICQ之後，OICQ上升的勢頭已經勢不可擋了，互聯網大潮到了一九九九年，終於迎來期待已久的高潮，馬朵急於回杭州重新創業，也在情理之中。

「我晚上要見代俊偉……」

「代俊偉？搜尋引擎的代俊偉？」馬朵沒和商深客氣，「商老弟，方便的話，我也一起見見他。」

「沒問題。」商深自然沒問題，他很願意作中間人，讓他認可並且看重的人都互相認識並且成為好友，共同為中國互聯網的商業進程，貢獻自己的力量。

在「拐角遇到愛」接上馬朵的時候，夕陽還沒有完全落下，餘暉照耀大地，灑落金黃無限。馬朵坐在車內，目光停留在「拐角遇到愛」幾個大字上，一時陷入了回憶和沉思之中。

不知過了多久，他回過神來，嘆息一聲：「就要離開北京了，心中竟然沒有留戀，只有歸心似箭，我就想，是我對北京太沒感情了，還是我太急於重新創業了。也許兩者都有吧。」

商深點頭：「現在互聯網浪潮洶湧澎湃，急於重新創業是好事，誰都知道互聯網時代是瞬息萬變的時代，不過心急可以，做事情不能急。否則有可能失之於操之過急。」

馬朵笑了，夕陽落在他的臉上，襯托得他的臉龐一片金黃：「都說我口才好，是個演講家，其實要我說，你才是個演講高手。」

「不。」商深否定了馬朵的結論，笑道：「其實我是一個段子手，是心靈雞湯高手。」

「哈哈！」馬朵哈哈大笑，「段子手、心靈雞湯高手……以後說不定還會成為一個道學大師。」

商深開車前行，迎著陽光一路向西：

「真正的道學大師，不會到處宣揚自己的高人身分。高人高人，就是看盡世事高出大多數人一等的方外之人，哪裡有貪圖名利的高人？一貪圖名利，在紅塵打滾，就不是真正的高人了，是欺世盜名之人。馬哥，我希望你以後不要被所謂的高人蒙蔽，成為追捧高人拔高高人身分的推手之一。」

「不會，怎麼會？你看我像是輕易被所謂高人唬住的人嗎？」

馬朵大搖其頭，一臉自信，「經過了那麼多事，我現在只相信自己。一個人只有憑藉自己的力量才能擁有一切，高人再有本事，也不可能掌控我的命運，我的命運我做主。」

商深點點頭。不知何故，心中忽然閃過一絲陰影，就如西方天空忽然飄來的一片雲彩，悄無聲息地遮住了夕陽，讓無比燦爛的夕陽美景平添了陰晦。

後來還真讓商深不幸而言中了，若干年後，馬朵真的成為一名所謂大師的弟子，拜倒在大師欺世盜名的盛名之下，後來，大師的畫皮被人揭下，真相暴露後，馬朵和大師的合影以及和大師交往的細節也被人披露，使馬朵名聲大為受損。

到了和代俊偉約定的地點，商深停好車，剛下車，手機就響了，是葉十三來電。

有一段時間沒和葉十三見面和通話了，他和葉十三之間的一場波及到整個互聯網的世紀大戰，似乎有停戰的跡象。商深不是一個喜歡主動挑事的人，葉十三消停了，他也就沒有乘勝追擊。主要也是他的精力放到了一二三網站之上。

一二三網站前期工作已經全部準備就緒，只差搜尋引擎的最後完善了，所以商深對和代俊偉的見面寄予厚望，希望可以得到代俊偉在搜尋引擎技術上的指點。

「十三，最近在忙什麼？」商深朝馬朵示意稍等一下，然後接聽了電話。

「忙著出售事宜。」葉十三的聲音透露出少許興奮之意，「我決定了，準備全盤打包出售網站，然後退出互聯網行業，從此天下清淨了。」

對葉十三的話，商深姑且信之，呵呵一笑：「如果能賣一個好價錢當然好了，恭喜你，也算是收穫了期望的成功。」

見商深問也沒問是哪家有意收購他的網站，葉十三微微閃過一絲失望，商深是真的不羨慕他的成功還是假裝不以為然，他以為商深至少會震驚得無以復加或是說不出話來才對。

「具體收購價格不便透露，不過可以稍微說一個價格範圍……」葉十三覺得有必要打擊一下商深，讓商深在他巨大的成功面前俯首稱臣，「一到一點五億之間，請注意，是美元。」

商深心中確實閃過巨大的震驚，一億美元的價格遠超他的預期，到底是哪個冤大頭肯出一億美元購買葉十三的網站呢？難道對方不知道葉十三的網站早晚會被成熟的用戶所拋棄甚至是唾棄嗎？

又一想，能出得起一億美元並且願意拿出一億美元的公司，只有美國的公司，中國的公司要麼沒實力，有實力也不會投資互聯網。

「恭喜。」

商深震驚過後，只是淡淡地向葉十三道喜，儘管他承認葉十三的成功比他想像中更巨大，來得更快，但在互聯網隨時隨地創造奇蹟的今天，也不算太出人意料。

「但到底能賣到一億還是一點五億，商深，就需要你的幫忙了。」

葉十三炫耀的目的達到了，沒有震懾住商深雖然稍有幾分失望，但正事還必須繼續進行，「不管是從朋友還是從利益共用的角度，你都應該幫我。」

葉十三果然另有目的，不僅僅是為了向他炫耀他的成功。

商深抬頭看了馬朵一眼，微一沉吟：「幫你的話，有什麼好處？」

「以一點二億為上限，如果售價超過一點二億以上，超出的部分，我分你三分之一。」

葉十三拋出了大殺器，在他看來，商深的公司雖然也很成功，但是如果沒有收購者也是沒用，因為所有的市場前景和地位都是虛的，也就是說，值多少錢並不重要，重要的是，得有資方出多少錢收購才是實在的。

「我考慮一下。」商深沒再多說，掛斷了電話。

和馬朵簡單提了剛才葉十三的電話，馬朵笑了：「我現在越來越佩服葉十三了，他真是個人才──怪才，總能想到稀奇古怪的辦法來達到利益最大化的目的。他的想法肯定是讓你繼續發動對他的進攻，然後他再反擊，讓這陣子沉寂了一段時間的互聯網再起戰火，這樣，在提高了知名度的同時，又可以無形中提升品牌價值，原來出價到一億美元，最後上漲到一點五億美元不是神話。不得不說葉十三深得商業運作的精髓，商深，你打算怎麼辦？如果能賣到一點五億美元的話，按照他承諾的比例，你能得到一千萬美元的報酬。」

商深搖頭：「葉十三確實是個聰明人，不過他的最大缺點就是太聰明了。人聰明了是好事，但太聰明了，就會聰明反被聰明誤。其實葉十三應該已經打探到了對方的最高出價就是一點一億美元，所以他才會提出超出的部分分我三分之一。」

「原來是這樣。」馬朵會心地笑了，「你怎麼辦？將計就計？」

「等他再打來電話再說，我守株待兔。」

說笑間，商深和馬朵推開包廂的房門。

門一打開，商深頓時愣住了，包廂中並非只有代俊偉一人，還有范衛衛。怎麼范衛衛也在？

范衛衛嫣然一笑：「商總，我們又見面了，別來無恙？」

商深握住范衛衛主動伸出的手：「范總好，最近一切安好，謝謝掛念。」

范衛衛眼中閃過一絲微微的失落，隨即恢復淡然，回身朝代俊偉笑了笑：「代總，馬總你應該知道，也見過了，他和商深的關係很好，以前有張向西、絡容和王陽朝網路三劍客之稱，現在有商深、馬朵、馬化龍互聯網三小龍之稱，江山代有人才出，以後的互聯網，也許就是商深、馬朵和馬化龍的天下了。」

商深聽出范衛衛話裡話外的嘲諷之意，不以為意，馬朵卻開口反駁了：「范總的話聽上去不像是真心話，倒像是冷嘲熱諷，不過借你吉言，以後的中國互聯網，還真會是我和馬化龍、商深的天下。」

「我就算了！」商深謙遜地擺了擺手，「以後的中國互聯網會是大馬哥、小馬哥和代總的天下。」

代俊偉哈哈一笑：「我還沒有邁入中國互聯網的門檻，就說以後會是我的天下，商深，你的結論未免下得太早了。對於未來的前景，我還真沒那麼有信心。你或許不知道，Google的發展不太順利，比想像中差了不少。」

怎麼會發展不太順利呢？商深從各方面得知的消息是Google前景一片光明。

一九九八年九月七日，Google正式誕生在加州的MenloPark。辦公室是一個車庫，成立之初的Google以驚人的氣勢出現在世人面前。

到了一九九九年二月，原有的車庫已經容不下發展迅速的Google，便搬到了PaloAlto大學街的新辦公室，員工人數也增加一倍，達到八個人。每天處理的搜索已經達到五十萬次，成為最著名的Linux軟體公司紅帽子的第一個商業客戶。

「目前美國最大的搜索量還是雅虎，雅虎牢牢佔據了美國搜索市場百分之八十的分額，Google還很弱小，和雅虎沒有一戰之力。」

代俊偉不復之前的雄心壯志，微有憂慮之意，「作為美國最大的門戶網站，雅虎的用戶數量太龐大，許多用戶在雅虎上面流覽新聞和時事外，想搜

索什麼，就直接在雅虎上搜索了，懶得再上Google。可怕的用戶習慣，可怕的慣性。如果照此下去的話，Google的前景會很不明朗。以此類推，國內也有可能面臨著同樣的問題。」

目前國內的搜索市場，索狸是龍頭老大，然後是絡容，最後是興潮。不過興潮成立後，上升的勢頭迅猛，有超過索狸和絡容之勢。代俊偉因為美國市場現狀的原因對國內市場憂心忡忡也在情理之中，他擔心等他回國創業會和現在的Google一樣，被國內門戶網站的搜尋引擎壓得抬不起頭來。

「不是說Google已經進入了風險投資的視線內？風投既然看好Google的前景，說明Google以後有很大的發展空間。」商深想起了前段時間聽到的傳聞。

「是有風聲說矽谷最有名的兩家風險投資公司克萊那・巴金斯和美洲杉都對Google感興趣，但感興趣並不一定會真有投資到位。」

代俊偉並不看好Google吸引投資的前景，他問：「商深，你對中國互聯網的搜尋引擎前景還十分看好嗎？」

「我堅持我的看法，不止是中國，整個世界包括美國的互聯網搜尋引擎的前景，都會是一片光明。」

商深不是為了安慰代俊偉而故意拉高搜尋引擎的未來，而是確實就他個人的預測，搜尋引擎必將大放光彩，其實不管是葉十三的中文上網網站還是他的一二三網站，基本原理還是基於搜尋引擎的思路。

「為什麼用戶會登錄專門的搜尋引擎，而不是在門戶網站完成所有的上網需求？」

范衛衛對商深的過分自信很是不解，在不解之餘，又有幾分不以為然。「門戶網站就如一家大型商場，集購物、娛樂、飲食、休閒為一體，應有盡有，你所有的需要都可以在商場得到滿足，那麼你為什麼還要特別去一家只提供休閒或娛樂的店面呢？」

不得不說，范衛衛的問題一針見血，也很犀利，她的話一出口，代俊偉和馬朵都將目光投向了商深。

本來對於搜尋引擎的前景十分看好的代俊偉，在目睹了Google前期波瀾不驚的發展狀況後，在Google被雅虎的搜索壓制得沒有崛起的跡象之時，他對回國創業的激情遠不如當初那麼澎湃了，甚至還產生了悲觀情緒，覺得搜尋引擎或許只能借助門戶網站才有用武之地。

如果搜尋引擎只是門戶網站的附屬，那麼他回國後，也只能選擇和與

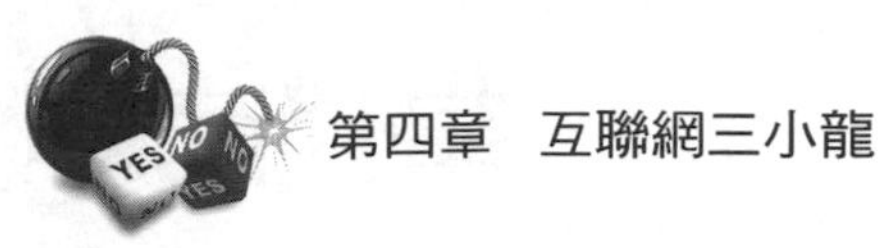

技術提供商，從此被門戶網站左右命運，無法真正成為互聯網浪潮中的弄潮兒。

正是基於以上的想法，代俊偉急急回國，想聽聽商深的建議。

馬朵對搜尋引擎的未來更不看好，在他眼中，搜尋引擎只不過是門戶和類型網站的一個技術亮點而已，不可能單獨拿出來創業成為互聯網的一支決定性力量，就和網路即時通訊軟體OICQ一樣，不過是互聯網浪潮中的一朵小小的浪花，最終只是片刻躍上潮頭，然後只閃亮登場，瞬間就會湮滅在大潮之中。

就連擁有搜尋引擎專利技術的代俊偉也對搜尋引擎的未來信心不足了，商深憑什麼還這麼看好搜尋引擎的前景？馬朵十分期待商深的回答可以說服他，並且讓他改變對搜尋引擎的看法。

商深淡淡地說：「現在大型購物娛樂中心確實越來越多，商場的叫法已經不夠了，應該稱之為大型購物中心才能準確地描述這種多樣化的轉變。但話又說回來，貪大求全的做法真的可以一統天下嗎？未必！假如把大型購物中心比擬成門戶網站，許多人會認為一家大型購物中心就可以完全滿足你的全部需要，那麼許多專業的小店就會沒有了市場，真是這樣嗎？事實並非如此。」

「大型超市應運而生後，傳統菜市場並沒有因此而消亡。商場興起之後，許多服飾店、電器行等專賣店也沒有被商場擠垮，相反，生命力還十分旺盛。為什麼呢？原因很簡單，每個人的需求不一樣，不是所有人都喜歡浪費時間在無用的事情之上，需要數位相機，我會去中關村，因為中關村的數位相機不但品種齊全，而且價格有優勢；需要吃飯，我會去常去的小吃店，因為小吃店有我最喜歡的菜，上菜速度快並且實惠。同樣的道理，我上門戶網站只是為了流覽新聞和時事，看完之後就會關掉頁面。在需要搜索的時候，我會打開專業的搜尋引擎網站，因為門戶網站繁瑣的資訊和過於複雜的搜索方式會讓人頭大……」

商深的話並沒有什麼高深的道理，只是從個人的日常習慣說起，卻恰如其分地表達了他所要表述的一切，包括代俊偉在內，馬朵和范衛衛都被商深的話打動了，陷入了沉思之中。

「很多時候，我們固執地認為，全面的就是最好的，但事實並非如此。應有盡有的大型購物中心並不能提供菜市場的人情味和廉價，不能提供專業

飯店的特色和小吃店的鄉土風味，不能提供專業的服務和公平的價格，所以說，目前國內還缺少一家專業的搜尋引擎網站。」

商深說完後，朝幾人微笑點頭，氣定神閒。

代俊偉心中泛過一絲苦澀和欣慰。苦澀的是，他作為擁有搜尋引擎專利技術的開創者之一，居然還沒有商深一個「圈外」人士對搜尋引擎的前景看好，很是慚愧。

再者，他過分強調技術改變世界，卻忽略了用戶習慣和人性。用戶也是活生生的人，如果從人性的角度瞭解用戶的需求，那麼就可以很直接地知道用戶的所思所想。

誰能掌握用戶的想法，誰就掌握了市場，誰掌控了市場，誰就掌握了未來。不管是雅虎的成功還是ＩＣＱ的勝利，歸根結底都是準確地投用戶所好，命中了用戶的使用習慣，才被用戶推到了浪尖之上。

欣慰的是，商深的一番話又讓他對搜尋引擎的因此未來充滿了信心，代俊偉甚至在想，如果沒有商深剛才的一番話，或許他放棄了回國創業的想法也未可知。所以從某種意義上來說，商深是他的精神導師。儘管商深其實比他還小上幾歲。

范衛衛雖然也認可商深的說法有一定的道理，但她仍反駁道：「說來容易做來難，商總，你的意思是說，Google以後一定會大放光彩了？」

商深點頭。

「你不是才和我打賭並不看好Google的未來嗎？」范衛衛似笑非笑地看向商深，似乎是在嘲笑商深出爾反爾。

代俊偉一愣，怎麼，商深並不看好Google的未來，為什麼還當著他的面大談特談搜尋引擎有光明的前景呢？難道商深是一個兩面人？他的臉色瞬間就陰了下來。就連馬朵也是一臉驚愕。

商深哈哈一笑：「范總，你太會斷章取義了。我和你打賭，是不看好Google在中國的未來，準確地說，是對Google在中國市場的前景持悲觀態度，和Google在美國以及世界的前景沒有關係。」

「你的意思是，Google在美國和世界範圍內會成功，在中國不會成功了？」范衛衛的笑容意味深長，充滿了嘲諷意味，「是中國太發達了還是太落後了，為什麼Google只會在中國以外的地方成功？」

「因為中國以後會有自己的搜尋引擎一統天下。」

商深才不會和范衛衛斤斤計較，言語上的交鋒沒有意義，勝負都和辯論

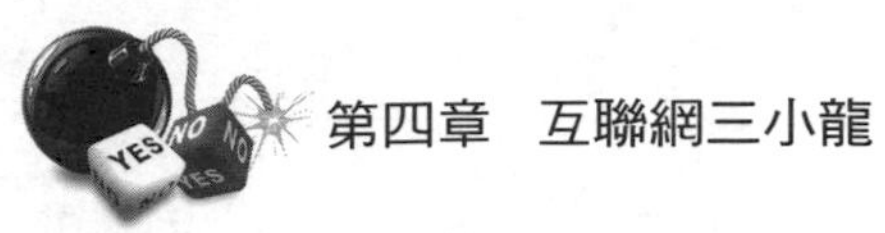

無關，他看向了代俊偉，「代總，我很看好中國互聯網搜尋引擎的未來。」

代俊偉連連點頭，心中充滿了感激和激情，如果不是商深的打氣，他真的險些放棄了創業夢想，不過，他還有不解之處：

「商深，很難得你對搜尋引擎的未來這麼看好，先謝謝你。不過，你的觀點很矛盾，既看好Google的前景，卻又不看好Google在中國的前景，還有，你覺得Google以後會成為門戶網站的附屬而存在，還是另有發展道路？如果我回國創業，是和國內的三大門戶網站合作，還是走自己的獨木橋？」

第五章

龍頭老大

商深相信代俊偉心中早有了主意，

肯定不願意淪為三大門戶網站的搜尋引擎的提供商，

代俊偉想要的是一統中國的搜尋引擎市場，成為行業的龍頭老大。

代俊偉點點頭：「那麼依你的高見，Google會走一條什麼樣的發展之路？」

「從發展趨勢來看，Google必然會走自己的發展道路，而不是依附於門戶網站雅虎。」

商深也不客氣，直截了當地說出了自己的想法，他侃侃而談，縱論天下，儼然是中國互聯網的點評者。

「不過Google現在還被雅虎壓制，想要崛起恐怕還有一段路要走。一旦走出之後，就是一片藍天了。我上過Google網站，頁面很簡潔，搜索功能很強勁，如果不是因為伺服器在美國的原因，網速太慢的話，而且對中國許多網頁的抓取效果很差，我平常搜索還真不願意使用興潮、絡容和索狸的搜索功能。」

「如果代總回國創業，還是走自己的獨木橋比較好，中國的互聯網企業多半沒有合作精神，而且都是引進國外的資本，和他們合作，還要受制於資方。如果和他們合作的話，基本上會成為他們的附庸，相信以代總的魄力和眼光，不會想為他人作嫁衣裳。」

商深相信代俊偉心中早有了主意，肯定不願意淪為三大門戶網站的搜尋引擎的提供商，代俊偉想要的是一統中國的搜尋引擎市場，成為行業的龍頭老大。

代俊偉點點頭：「那麼依你的高見，Google會走一條什麼樣的發展之路？」

這個問題的難度就高了，商深再有眼光也不可能推測出Google的發展之路，他又不是預言家，不過，他還真有話要說：

「Google現在雖然發展前景不太明朗，但由於獨創性和簡潔易用的頁面，早晚會走出一條獨特的成功之路。再者Google的抓取演算法也很先進，是業內最領先的高度。不過在雅虎一統搜尋引擎市場的美國，Google想要成功，可能還需要借助雅虎的力量。」

商深還真猜對了，其後不久，Google和雅虎進行了第一次合作，成為雅虎的搜尋引擎。正是在雅虎的推廣下，Google搜索迅速崛起，迎來了Google發展史上的第一次高潮。

一九九九年六月七日，是Google歷史上絕對值得紀念的一天。因為他們得到確切的結果，矽谷最有名的兩家風險投資公司克萊那・巴金斯和美洲杉都同意向Google一共投資兩千五百萬美元。

這兩家相互競爭的風險投資公司，以前從來沒有同時投資過同一家公司。兩家公司的大人物，美洲杉的Mike Moritz和克萊那・巴金斯公司的約

翰・杜爾同時進駐了Google的董事會。

要知道，此二人可是親手締造了Sun、Intuit、Amazon和Yahoo等公司的重要推手。

此事意味著Google不再是一家在車庫辦公的創業公司，而是邁出了成功的第一步，成為可以躋身到互聯網大潮中正式玩家之一。

商深沉吟片刻，補充道：「雖然Google迅速崛起需要借助雅虎的力量，但就算不借助雅虎的力量，Google早晚也會成功，只從我個人體驗就可以得出結論，Google的頁面以及搜索功能十分符合互聯網時代的特徵，可以留住使用者。只需要時間的積累，Google就完全可以獲得想要的成功。」

「嗯。」代俊偉臉上的興奮之意越來越濃，商深的話，讓他重新點燃了對搜尋引擎未來的信心，也重新鼓舞了他創業的激情，他緊緊握住商深的手，激動地說：「商深，如果有一天我真的利用搜尋引擎打出了一片天空，在中國互聯網佔據一席之地，你就是我前進道路上最大的動力。」

「代總過獎了，我只是實話實說罷了，並沒有別的太多想法。中國互聯網商業化的推動和繁榮，需要所有人的力量，群策群力才能成功。」

商深真誠地回應代俊偉，也是他看重代俊偉的技術專利和商業頭腦，真心希望代俊偉的回歸可以為中國互聯網的未來增光添彩。

「目前國內互聯網的現狀是，王向西推出了興潮網，馬化龍推出了OICQ，王陽朝的索狸和向落的絡容蒸蒸日上，呈現可喜的氣象，雅虎也將進入中國，再有馬哥也將要回杭州重新創業，繼續構建他的電子商務帝國之夢。中國的互聯網已經形成了一個龐大的生態圈，除了一家專業的搜尋引擎網站之外，國外所有互聯網涉及到的各方面我們都已經介入了，等你回國，開始了搜尋引擎的商業化之路後，中國的互聯網就真正成了一片可以生長無數可能締造財富神話的沃土。」

代俊偉被商深的話刺激得熱血沸騰，創業的激情和信念再次徹底點燃，哈哈一笑：「最晚今年年底，我一定會回國創業，填補中國互聯網缺少專業的搜尋引擎網站的空白，商深，到時你一定得過來幫我，不管是以什麼形式介入，反正我需要你的每一個建議。」

「沒問題，我一定知無不言言無不盡。」商深肯定地回應了代俊偉的盛情邀約。

現在代俊偉因為和范衛衛解除了合作關係，也不再強調排他的合作方式了，他對商深的好感上升到了將他引為知己的高度。

「商深，我有一個想法，不知道你是不是願意成為我的獨家代理，在我回國之前，作我的代言人，為我回國創業鋪平道路，做好所有的前期準備工作？」

這個意思是他頂替了范衛衛的角色，成為代俊偉心中理想的合作夥伴人選了？商深很清楚一個事實，要他接替原本屬於范衛衛的位置，是代俊偉理念的轉變，也就是說，代俊偉徹底放棄了范衛衛的理念，完全接受他的互聯網思維。

「作代總的代言人沒問題，問題在於，代總如果真的願意讓我在前期開拓疆土，就必須完全放手讓我負責全面工作，不能干涉我的任何一個決定。」商深提出了合作條件。

「沒問題。」代俊偉點頭，「用人不疑、疑人不用的道理我懂。」

范衛衛和馬朵在一旁靜靜地看著商深和代俊偉的互動，二人心思各異，范衛衛看到的是商深一步邁入了另一個深淵，走向一條註定沒有未來的羊腸小路；而在馬朵眼中，卻是商深又打開了另一扇充滿機遇的大門。

目前為止，商深投資了文盛西的北西，馬化龍的ＯＩＣＱ，張向西的興潮網，聽說還在和王陽朝接觸商討進一步的合作事宜，等他創業時，毫無疑問也會邀請商深加盟。現在，商深又和代俊偉達成了合作意向，假如真有一天，商深所合作的對象都成為中國互聯網的一霸，或是呼風喚雨的商業帝國，到時商深就真成了如羅斯柴爾德一樣的縱橫戰略家。

范衛衛本來想當面打擊商深的，見商深和代俊偉聊得熱切，又收回了想法，索性安靜地坐在一邊，靜靜地觀看商深的表演。

她今天過來是應代俊偉之約，雖然她和代俊偉已經沒有合作的可能，但畢竟朋友一場，見個面敘敘舊也沒什麼。沒想到，代俊偉還另外約了商深。商深又帶了馬朵。局面比她預期複雜了許多。

更讓她沒有想到的是，代俊偉居然選擇商深作為新的代言人，等於是將她一腳踢到一邊，直接打臉的感覺，代俊偉在沒有和她商量的情況下就做出和商深合作的決定，讓她大感顏面無光。

儘管是她主動放棄了和代俊偉的合作，另起爐灶創立了自己的互聯網公司，但她還是大感失落，覺得代俊偉此舉相當於毫不留情地將她拋棄了，再加上越看商深的表現，越覺得商深誇誇其談和以前的沉穩判若兩人，商深根本是一個沒有見過世面的土包子，卻擺出一副見多識廣的姿態，而且還縱論天下局勢，指點江山，猶如一個高高在上的帝王……

他憑什麼？他又有什麼？不過是個連成功的大門都沒有邁進的互聯網之中萬千的小創業者之一，卻不自量力地自我拔高，真是夠了。

「既然決定了要合作，就得利益共用，俊偉，你打算給商深多少股份？」馬朵知道商深不好意思提到股份的問題，就拿出了老大哥的姿態替商深爭取。

「股份問題好說，我肯定不會虧待商深。」代俊偉呵呵一笑，拿出了一紙協議，「協議我都擬好了，你看看有沒有疏漏的地方。」

深受西方思維影響的代俊偉，辦事風格帶有明顯的美式味道，什麼事情都擺到明面上，這樣也好，先小人後君子，在國人誠信明顯不合格的今天，還是一紙協議更能保障雙方的利益。

商深簡單地看了看，協議內容在保證了代俊偉利益的前提下，也充分考慮到了他的立場，總體來說，協議還算公正。

商深笑了笑：「條款和條件，我都沒有意見，只不過我要加一個前提條件……」

代俊偉現在把商深當成了唯一的救命稻草，一聽商深還有條件要提，一顆心頓時提到了嗓子眼，唯恐商深提出什麼苛刻無法接受的條件讓他為難。不過他已經做好了心理準備，就算商深把股份提到百分之十，他也答應。

范衛衛心中譏笑一聲，商深現在成了一個唯利是圖的商人，一見有機可乘，就迫不及待地暴露出赤裸裸的商人嘴臉，真是小人不可得志。他肯定會提出提高股份的要求，趁火打劫才是他的本色。

馬朵也微微一愣，商深會提什麼條件？如果商深此時得寸進尺，只會讓他看低商深的為人。

不料，商深卻是提了一個讓代俊偉、范衛衛和馬朵無論如何也想不到的條件：「除了協議的條款，我希望代總幫我完善一下我編寫的搜尋引擎，在代總回國創業前，我想先試水一家引導型的類型網站，需要用到搜尋引擎技術。但有幾個技術難點我克服不了，希望得到代總的指點。」

「哈哈，沒問題。」

一聽是技術上的問題，代俊偉哈哈大笑，他最喜歡克服技術難題了，當即表示，「什麼時候開始？」

范衛衛微露失望之色，她還想等商深提出苛刻的條件之後乘機冷嘲熱諷商深幾句，結果商深居然只想讓代俊偉解決技術難題，太沒意思了，她再也按捺不住心中的躁動，脫口而出：

「商總，你四處撒網尋求合作，能不能專注做好一件事情？我總覺得你東一榔頭西一棒子，大有眉毛鬍子一把抓的意思，到底是在佈局還是渾水摸魚呢？對了，你的施得公司也成立有一年多了，現在估值有一百萬美元嗎？」

范衛衛的話沒有激起商深的火氣，反倒讓馬朵生氣了，馬朵怒極反笑：

「一百萬？是你說錯了還是我聽錯了，范總，你是不是少說了兩個零啊？既然你不瞭解行情，不知道商老弟的公司現在市值到底有多少，我來給你加強一下相關的商業知識。第一，商老弟的電腦管理大師出售給了興潮網，具體價格就不便透露了，反正是興潮網的市值越高，電腦管理大師為商深老弟帶來的收益就越高。一兩年後，興潮網成功在納斯達克上市的話，估計會有五億美元以上的市值，只憑和興潮網的合作，施得公司的估值就在五百萬美元以上。更不用提已經有一家美國公司提出以兩千萬美元的價格全權收購商深老弟的公司了。范總，如果你能看懂商深的佈局和投資眼光，你就不會問剛才的幼稚問題了。商深投資和合作的公司已經四五家了，以後還會越來越多，我在重新創業的時候，也會邀請商深加盟，這樣算下來，如果他投資和合作的公司都有上市的話，他的身家就算沒有幾百億，幾十億也沒有問題。」

「哧……」范衛衛忍不住譏笑出聲，「先不說他投資和合作的公司能不能上市，只說他投資和合作的公司能不能活下來支撐兩三年還是問題，你是想說文盛西的北西？一個賣電子產品的銷售商？充其量發展成一個有十幾家連鎖店的公司就不錯了，還想上市？簡單是天方夜譚！馬化龍的OICQ？馬化龍的公司都入不敷出，難以為繼了，他正打算賣掉OICQ，還會上市？開什麼國際玩笑。你是不是還想說和商深關係一直不錯的歷隊？歷隊不過是銀峰公司的總經理，說白了，是職業經理人，他編寫了一個七二四軟體，到現在還沒有問世，一直難產，說不定會胎死腹中。至於你，就更不用說了，現在還沒有開始創業，前景不明，就想著到納斯達克上市了？有夢想是好事，但夢想太遙遠了，就成了不切實際的幻想了。」

「衛衛的意思是說，我回國創業，也是不切實際的幻想了？」

范衛衛毫不留情的批評，讓代俊偉臉色微微一寒，「你不看好互聯網的未來，不代表互聯網就沒有未來。不要用自己有限的知識來推斷無限的世界。」

范衛衛被代俊偉不輕不重地敲打幾句，愣了一下，忍不住冷笑道：「互聯網就是一個充滿了泡沫的行業，當然也會有人賺錢，不過是賺一筆快錢而已。最終泡沫破滅的時候，許多人會死無葬身之地。」

「來，吃飯吃飯，菜都涼了。」

「不用，夠吃了。」馬朵聞弦歌而知雅意，笑著指了一盤麻婆豆腐，商深不想再繼續無謂地爭論下去，爭論永遠沒有結果，就讓時間證明一切好了，他及時轉移了話題，「要不再再加幾個菜？」

「豆腐是好東西，可以延年益壽。我以前不怎麼愛吃豆腐，來到北京後，忽然喜歡上了豆腐，也是怪事。」

「你要離開北京了？對北京的經歷有什麼感想？」代俊偉也不打算再和范衛衛爭論下去，順著馬朵的話說，「對回杭州重新創業，有什麼想法？」

馬朵大口喝了杯茶，臉上流露出回憶和感慨的神情。足足沉默了數分鐘之久，他才緩緩開口：

「說起來在北京的一年多，我成長了許多，也學會了許多。來北京前，我還停留在創業時的思維，認為電子商務應該支持中小企業、私有經濟，而且網站一定是開放式的，但是，來北京之後才發現，我的認知和高層的認知完全不在同一個頻道上。他們要服務的是大型國有企業，建立的是內部的封閉系統。在網站定位和服務對象上的分歧，讓我開始思考我來北京的目的能否實現，所做的一切有沒有意義……」

馬朵的語氣平靜，或許是北京之行磨練了他的心性，他再沒有來北京前的飛揚和浮躁，多了登高望遠的眼光和魄力。

范衛衛不說話，眼睛低斂，眼神空洞，雖然她的全能管家也算獲得了不小的成功，但她對互聯網的未來還是不太看好，興趣依然缺缺。如果當初不是為了圍堵商深，她才不會成立一家互聯網公司創業，而是有可能從事其他實業。

想起昨天和葉十三目睹畢京和杜子清在一起的情形，范衛衛心中起伏難平。當她接到葉十三電話，說是畢京和杜子清一起出現在商場時，她稍微遲疑了一下，猶豫著要不要接受葉十三的邀請，去一同「捉姦」，葉十三的一句話頓時讓她打消猶豫，下定了決心。

「我只是想確定一下杜子清是不是和畢京在一起了，如果是，我們應該一起祝福他們，畢竟對我們兩個來說，他們都有了感情歸屬，我們也可以放

心了。」

是呀，范衛衛心中感慨，為了報復商深，她利用了畢京，也傷害了畢京，如果畢京真的想通了，從此不再對她念念不忘，而是喜歡上杜子清，確實也是一件兩全其美的好事。

基於這樣的想法，她和葉十三會合後，跟在畢京和杜子清的身後，想要知道真相。然而讓她和葉十三失望的是，儘管畢京和杜子清的背影十分和諧，十分般配，但兩人並非是在談情說愛，而是在挑選禮物。

準確地說，是畢京在挑選禮物，由於他拿不準女孩的心思，就找來杜子清幫忙，替他參考一下，出出主意。而畢京的禮物要送的人，正是范衛衛。

最後杜子清幫畢京挑選了一條純銀的手鍊，一百零八顆純銀珠子穿在一起，中間有蜜蠟、黃龍玉作為隔珠，佛頭是純金製成，美輪美奐，猶如一件精美的藝術品。不提其本身的實際價值，只說其精心的設計和精緻的搭配就值得珍藏。

可惜的是，范衛衛對帶有中國風格的東西毫無興趣，再加上她對畢京本能的拒絕，畢京精心準備的禮物她不但沒有收下，還直截了當地告訴畢京，不要再在她身上浪費時間了，希望畢京可以找到屬於自己的幸福，她和他之間是沒有可能的。

畢京卻沒有帶走禮物，神色平靜，沒有絲毫沮喪，自信地說，總有一天范衛衛會回心轉意接受他的真心。

范衛衛忽然發現，她將自己的生活和事業弄得混亂無比，本來不喜歡畢京，卻為了報復商深，假裝要給畢京一個機會，畢京卻當真了。原本對互聯網全無興趣，為了正面狙擊商深，也投身到互聯網行業中，現在雖然做出了一些成績，卻還是想轉身去做實業，但又放不下眼下在互聯網浪潮中取得的一點成績。不管是生活還是事業都進退維谷，實在是讓人惱火。

更惱火的是，代俊偉現在撇開她要單獨和商深合作，等於是她輸給了商深，她幾乎不能抑制心中的波濤洶湧。

范衛衛的心思起伏，別說代俊偉和馬朵沒有留意，就連觀察細微的商深也沒有察覺，商深的心思此刻正完全沉浸在馬朵的感想中，因為商深知道，馬朵對北京創業的經驗總結，會是他重回杭州之後再次創業的發展方向。

馬朵繼續他的最後陳詞：

「我來北京是創業的，是來追尋自己的互聯網夢想，不光是來賺錢的。但隨著時間的流逝，我愈加肯定我想要的不是一份舒適的工作、一份高額的

薪水，如果一直在北京待下去，我會成為一個管理者，一個生活安逸、工作舒適但沒有激情的管理者，我不想成為這樣的人，我想創業，我想成為一個充滿激情和鬥志的創業者，我想創建一個全世界最大的電子商務網站。

「你們也知道我和楊致遠關係不錯，楊致遠向我發來聘請，邀請我擔任雅虎中國總經理，我沒答應。一九九八年底，成立不久的興潮也重金邀請我加入，許諾高級管理層的位置，我也拒絕了。在拒絕雅虎和興潮的兩大邀請後，我終於意識到了我想要的是什麼，就是創業，就是一座山峰，然後我站在山峰面前大喊一聲：芝麻開門，山壁就會打開一個大門，門裡有一個山洞，山洞中有無數的寶藏等著我去開採……

「有了理想之後，我覺得最重要的是給自己一個承諾，承諾自己要把這件事情做出來。很多創業者總是想這個條件不夠，那個條件沒有，這個也不具備，該怎麼辦？其實對創業者最重要的是：沒有條件也要創造條件。如果非要等機會環境都成熟的話，那就一定輪不到我們了。所以呢，一般大眾都覺得這是個好機會，都認為機會成熟的時候，我認為往往不是你的機會。你堅信事情差不多可以的時候，就給自己一個承諾，說我準備幹五年，我準備幹十年，幹二十年，把它幹出來，我相信你就會走得很久。

「我決定離開北京後，最先將這個想法告訴和我一起來北京的夥伴們，因為他們是我從杭州帶出來的，我認為我有權利與義務跟他們坦誠相告，讓他們和我一起創造未來。我給他們選擇的機會，他們可以選擇繼續待在外經貿部這棵大樹底下，可以選擇去雅虎或是剛成立的興潮，我都可以幫忙推薦，並告訴他們這些選擇都會讓他們有非常好的經濟來源。但是如果選擇跟我一起重新創業，那麼每月工資只有五百元，創業條件會非常艱苦。

「我沒有再像第一次創辦中國黃頁時一樣想方設法說服他們跟隨我，因為我相信經歷了許多事情之後，他們都有足夠明智的眼光。幾分鐘後，他們全部決定跟著我一起回去創業，創建一個屬於自己的公司，一個自己這輩子都不會後悔的公司！」

馬朵的號召力已經今非昔比了，當年的他，口若懸河說了幾個小時，二十多個人最終他只說服了一個人，現在他不需要再多說什麼豪言壯語，只需要說出他想要幹的是什麼，就會有忠實的追隨者。商深暗想，一個人只有認準了自己，才能擁有影響別人的魅力。等你影響的人越來越多時，你離成功就越來越近。

馬朵笑了笑，既是忠告又是自勉：「我看見很多優秀的年輕人，晚上想了千條路，早上起來仍是走原路，晚上出門前說明天我將做什麼事，第二天早上依然重複原來的老路。如果你不採取行動，不給自己的夢想一個實踐的機會，你永遠沒有機會。所以呢，之前我是稀里糊塗地走上了創業之路，創建了中國黃頁，我把自己稱作是一個盲人騎在一隻瞎眼的老虎上面，所以根本不明白將來會怎麼樣。但是我堅信，現在的重新創業，肯定會比以前成熟許多，成功的機會也會大許多，而且我也相信，互聯網將會對人類社會有很大的貢獻，會改變整個社會的結構。」

「改變整個社會的結構？」范衛衛忍不住又出聲了，「話說得太大了吧？一個互聯網而已，怎麼可能改變整個社會的結構？馬總，雖然我很敬佩你創辦中國黃頁的成功，但我還是要說，如果你在美國生活過一段時間，切身體會過作為互聯網的發明者和互聯網最發達的國家的互聯網的現狀，你就不會這麼樂觀了。互聯網畢竟是虛擬的世界，人類是現實的生物，只有生活在現實的世界，才有安全感和歸屬感，互聯網終究只是實體企業的補充。」

「我認可你的部分觀點，作為實體企業的補充，互聯網依然可以改變整個社會結構。至於怎麼改變，為什麼改變，我不知道，但我相信一定會改變。」馬朵哈哈一笑，不和范衛衛進行無謂的辯論，他舉起酒杯，「祝商深老弟以後鵬程萬里，祝代總創業成功，千秋萬載，一統江湖。」

商深和代俊偉對視一笑，二人和馬朵碰杯，然後一飲而盡。

這頓飯一共吃了一個多小時，期間，商深和代俊偉達成了合作的協議，先由代俊偉幫商深完善他一二三網站的搜尋引擎，然後商深全權代理代俊偉在國內創業前期的各項工作，並且又補充了一個口頭協議，如果以後商深的一二三網站發展壯大了，代俊偉有權優先收購。

同時，商深還和馬朵達成了合作意向，馬朵回杭州創業，商深提供必要的資金和技術支持，馬朵會回報相應的股份。

和代俊偉、馬朵都達成了合作框架，商深大感欣慰。在和代俊偉談話的時候，他沒有避諱范衛衛在場，但在和馬朵商議合作事項時，兩人卻是小聲交談，有意不讓范衛衛聽見。倒不是商深以小人之心度君子之腹，而是有時候作為商業機密，必須遵守基本的規範，何況范衛衛現在不按常理出牌。

范衛衛在一旁時而喝茶，時而淺笑，似乎對商深和馬朵的密談毫不在意。實際上，她也真的不關心商深和馬朵的合作，甚至連商深和代俊偉合作的前景，她也並不看好。她在想，在這個遍地商機的時代，商深、代俊偉和

馬朵卻偏偏看好虛無飄渺的互聯網，真是可悲加可憐，也不知道什麼時候才會夢醒，等他們醒來之後才會明白，互聯網只是一個巨大的泡沫。

一個看似平常的夜晚，一頓並不豐盛奢華的晚餐，卻促成了國內兩大頂級互聯網公司的誕生，商深有幸參與其中，既是他敏銳地抓住了時代契機之故，也和他喜歡交友，人品過硬有關。每個人都有抓住時代潮流的機會，但並不是每個人都能夠傲立在時代的潮頭，原因就在於不是每個人都可以慧眼識珠。

飯後，商深和馬朵、代俊偉告別，剛要開車回去時，范衛衛卻拉開了他的副駕駛車門，嫣然一笑：「商總，麻煩你送我回去，好嗎？」

不等商深答應，她直接就坐在了座位上。

汽車行駛在深夜的北京街頭，清涼而寂靜。此時的北京還遠沒有十幾年後的繁華和擁堵，晚上九點以後，大街上幾乎就沒有了車流和人流。

車上的音響中緩緩流淌著劉德華的《謝謝你的愛》，劉德華特有的嗓音在沙沙的行車噪音的伴奏下，別有一番韻味。

「不要問我，一生曾經愛過多少人，你不懂我傷有多深。要剝開傷口總是很殘忍，勸你別作癡心人……」

「我以前很喜歡這首歌，」范衛衛一攏頭髮，目光微有幾分迷離，「現在不喜歡了。有時我在想，其實我們很固執地認為的那個我，並不存在。比如在德泉的時候，我覺得那個喜歡你、依賴你、一切為你著想的我就是我，現在再回想起來，當時真的好傻。」

「你的意思是，當年在德泉的那個你和現在的你不是同一個人？」商深聽明白了范衛衛的言外之意。

「是同一個人，又不是同一個人。」范衛衛搖搖頭，目光茫然中又有幾分嚮往，「某一個特定時段的我，就是局限在某一個環境某一種情緒中的我。離開了那個環境，換了一種情緒後的我，再回頭看時，會覺得當時的那個我所喜歡的人和事，和現在的我所喜歡的人和事完全不同了，比如以前我喜歡米飯，到了美國後喜歡上麵食，人每時每刻都在變化中，沒有一個恆常不變的我，所以說，我們天天掛在嘴邊的我，並不是真的我，而只是在某一個特定時間段的我。」

「有道理。」商深點頭，他認可范衛衛的說法，有時他回首往事的時候，也會覺得當時的他做的某一件事情很傻很天真，如果是現在的他，肯定不會做出當時的選擇，但那時卻固執地認為那麼做就是最正確的做法。

人生無恆常，他以前喜歡范衛衛，覺得沒有了范衛衛就等於失去了全世界，現在再想起之前的為愛癡迷，才發現原來所託非人。

「所以經歷了許多之後我才發現，你也並不是在德泉時看上去那麼老實、對感情專一的樣子。」范衛衛話鋒一轉，劍指商深，「你不但喜歡見異思遷，而且還見一個愛一個，別說感情專一了，我看在你的字典裡，壓根就沒有忠誠兩個字。」

「……」

商深摸了摸鼻子，想說什麼，又咽了回去，只是嘿嘿一笑，連爭辯都省了。

算了，他不和范衛衛做無謂的口舌之爭，既無意義又傷感情，還浪費時間，她想說什麼就由她說去吧。

第六章

趁火打劫

葉十三憤怒地說，「你這是趁火打劫！」
葉十三提出的條件是以一點二億為上限，如果售價高出一點二億以上，
超出的部分，他分商深三分之一，商深卻獅子大張口，
直接要求一億以上就要分二分之一，葉十三不生氣才怪。

見商深並不回應她的指責，范衛衛意味深長地笑了：

「我其實想說的是，雖然你變了，變得讓我不認識了，但不要緊，其實我也變了。以前我接受不了你的花心和三心二意，但現在我想通了，一個優秀的男人必然會有許多女孩喜歡，如果你只有我一個人喜歡，反而說明你魅力不夠。我以前覺得你的缺點不可忍受，現在卻想，有人搶的男人才是熱門男人，我不管你曾經愛過多少人，畢竟你還沒有結婚，如果你能保證婚後不再出軌，我願意和你再重新開始。」

又來了，商深有些無言，范衛衛到底要怎樣？在他看來，她不可能再對他有感覺，卻偏偏一而再再而三地表露出要再給他一次機會的姿態，是要拆散他和崔涵薇？還是想借機從側面阻撓他的發展？

商深微一沉吟，說道：「你現在和葉十三的合作也不如以前密切了，你的全能管家雖然和我的電腦管理大師是競爭關係，但電腦管理大師已經要賣給興潮網了，我們之間不再是直接的競爭關係，你不必再這麼做了。」

范衛衛聽出了商深的弦外之音，笑了：「你錯了，商深，我不是為了阻撓你的事業發展，真的，我是真的想通了。這麼說吧，我是想起了以前我們在一起時的甜蜜和開心，終究不捨得離開你。我不管你和崔涵薇之間發生過什麼，哪怕你同時還喜歡徐一莫，我要說的是，商深，我還一如既往地喜歡著你，從來沒有真的想過要放棄你。」

「真的？」商深將信將疑。

「當然是真的。」范衛衛瞪大了眼睛，柔情無限，「你是我的初戀，是我喜歡的第一個男孩，不管天涯海角還是天荒地老，我都永遠忘不了你。」

商深心潮起伏，靠邊停車。他打開車窗，讓窗外清新的空氣吹進來，頭腦清醒了許多。但清醒的頭腦卻壓制不住內心被范衛衛的柔情點燃的熊熊大火，往事如昨，一齣齣一幕幕，全部躍上了心頭。

范衛衛的手伸了過來，輕輕抓住商深的右手。商深沒有躲避，任由范衛衛將他的手抓在手心。曾經的溫柔又重回手中，彷彿昔日重現，瞬間回到了從前。

感覺到范衛衛的頭輕輕靠在他的肩膀上，商深內心最柔軟的地方被觸動了，在他最艱難最落魄的時候，范衛衛給予了他無私的、沒有任何附加條件的愛，他怎能不銘記在心感懷在內？

男人最感念的，就是在他要什麼沒什麼的時候，有一個女孩不在乎他的貧窮和一無所有，而心甘情願和他在一起，這是人間最真誠最無私的大愛。

此時已經是晚上十點，商深停車的地方又很偏僻，四周空無一人。范衛衛雙手抱住商深的胳膊，頭靠在商深的肩膀上，臉上洋溢著甜蜜和幸福。

過了一會兒，她伸開雙手抱住商深的脖子，微閉雙眼，奉上了雙唇。商深想要拒絕，范衛衛卻不肯，她主動向前，要將她的嬌豔紅唇印在商深的唇上。商深不好意思用暴力將她大力推開，稍微輕輕一推，她的力氣卻更大了，大有不達目的誓不甘休之勢。

眼見范衛衛的紅唇距離商深的嘴只有半尺之遙時，商深的手機卻突兀地響了起來。手機鈴聲就如劃破黑暗的一道閃電，照亮了商深的整個天空。

商深乘機推開范衛衛，接聽手機。

「商哥哥，你是不是停在路邊？我看到你的車了。」

是徐一莫。

徐一莫的電話來得真是及時，商深幾乎要歡呼了，不過隨即又意識到似乎哪裡不對，忙問：「你看到我的車了？你在哪裡？」

「我在你車後一百米那兒。」徐一莫咯咯地笑說，「我和小毛毛在一起，正無家可歸，你等我們一下，我們跟你回去住。」

如果是平常，商深會頭疼徐一莫和毛小小一起住家裡，但現在對他來說，徐一莫就如同救命稻草，他大表歡迎：「好呀，我等你們。」

「誰？」范衛衛聽出了有意外出現，微微皺眉。

「徐一莫和一個朋友要過來。」商深朝范衛衛正色道：「我希望我們一切正常，不要讓別人有不必要的猜測。」

范衛衛明白商深的意思，不以為然地說：「你單身我未婚，不管我們做什麼，別人都沒有資格說三道四。」

說話間，徐一莫和毛小小已經來到車前。

「咦，衛衛，你也在？」徐一莫習慣坐在副駕駛座，打開車門才發現范衛衛，「不好意思，我坐在後面會暈車，衛衛，你不會見死不救吧？」一邊說，一邊眨動一雙無辜的大眼睛，楚楚可憐之外再加上又萌又呆的表情，讓人無法拒絕。

其實徐一莫早就知道商深今晚要和范衛衛見面，她是故意假裝不知。

可惜范衛衛拒絕了徐一莫：「不好意思一莫，我也暈車，不能坐在後座，只好委屈你了。」

「真的呀？」徐一莫嘻嘻一笑，變戲法一樣，伸手從包中拿出一瓶藥和一瓶水，「我有暈車藥，你要不要吃？」

「不用了，謝謝。」范衛衛不上當。

徐一莫還有辦法：「既然你暈車，這樣好了，你在這裡下車，坐公車回家算了。商深，你也真是的，明明知道衛衛暈車，還非要送她，她坐公車回家多好，不用受罪。」

商深見徐一莫和范衛衛鬥法，夾在中間左右為難，只好說道：「離你家也不遠了，衛衛，如果你真暈車的話，不如走路回去。」

范衛衛白了商深一眼，既然商深都開口了，她再賴著不走就不像話了，只好下車。

「好吧，我走路回去。不過一莫，我記得你以前不暈車的，現在怎麼暈車了？」

徐一莫呵呵一笑，眨了眨眼，跳到副駕駛座位上：「我暈車分時候分人，比如和你同坐一車就會暈車，你一下車就不暈了。再見衛衛，我和商深回家了，晚安。」

望著商深絕塵而去的汽車，范衛衛站在公車站牌下，意味深長地笑了。笑過之後，揚手招了輛計程車返回吃飯地點，取了她的車，自己開車回家。

到了家中，徐一莫二話不說，挽起袖子，不多時就將家裡收拾得乾乾淨淨。毛小小則安靜地坐在客廳看電視，不時地偷看商深幾眼。

商深忙了一會兒，從電腦上拔出眼睛，才想起問道：「小毛毛，你們幹什麼去了？」

「沒什麼，去吃飯了，吃完飯後，我和一莫評估了一下興潮網對電腦管理大師的收購，又估算了一下螞蟻搬家的市值，然後得出了一個結論。」

「怎樣？」

「電腦管理大師現在賣給興潮網置換興潮網的股份，是最佳時機。不出意外，興潮網有可能明年就會在納斯達克上市。同樣，螞蟻搬家以入股的形式賣給索狸，也是一步好棋，索狸有可能會比興潮網更早上市。」

「這麼說，你是贊成出售電腦管理大師和螞蟻搬家的決定了？」商深心中的藍圖越來越清晰了，要趕到各大網站上市之前搶先佔領高地，如此才能在各大網站上市之後，成為股東之一。

「當然了，你的眼光很犀利，總能在最合適的時機出手。」毛小小一吐舌頭，俏皮地笑了，「所以我才決定要追隨你，成為你的主力隊員之一，以後不愁沒有富貴。」

「哈哈。」商深大笑，不是因為毛小小的奉承，而是因為她說話時半是玩笑半是認真的語氣。

「我決定在賣出電腦管理大師和螞蟻搬家後，再推出一個新的軟體，就把整個施得公司也一起賣掉。」

「啊？」

徐一莫正好洗澡出來，頭髮未乾，包裹在浴巾下的青春軀體呈現近乎完美的曲線，她歪著頭擦頭，一聽商深的話，頓時驚呆了，「連公司都賣了，商哥哥，你不想幹啦？你到底想幹嘛？」

「我想幹更大的事業。」商深神秘地笑了，「公司賣了，可以再成立一家新公司。」

徐一莫是何等聰明的女孩，立刻明白了商深的意圖，不過她還是疑惑未解：「賣掉公司，薇薇和藍襪會同意嗎？」

「會的。」商深十分肯定地說道，「因為不破不立，還有，新公司成立之後，你和小毛毛都會有股份。為了公司走得更長遠，也為了讓所有人都把公司當成自己的公司，讓每個人都持有公司的股份，是以後公司發展的趨勢。」

「哇，真的？我也會有股份？太好了。」徐一莫開心地一下跳了起來，「我以後也是公司的股東了，耶！」

由於過於興奮再加上跳得過高，她完全忘記了自己只穿著浴袍的事，浴衣的下擺飄起，露出了雪白的大腿和只穿內衣近乎裸體的身體，整個春光大洩。

如果僅是毛小小欣賞也就罷了，作為徐一莫最好的朋友，毛小小對徐一莫的身體熟悉程度僅次於自身。不幸的是，商深也看見了，而且因為他離徐一莫更近的緣故，看得比毛小小還要清楚。

「啊，走光了！」毛小小驚呼一聲，捂住了嘴巴。

然而讓她驚訝的是，徐一莫一臉平靜，既不羞澀，更沒有臉紅，反而若無其事地坐在商深身邊，伸手拿起一個蘋果削了起來，彷彿商深看到她的身體她毫不在意一樣。而商深也是看了一眼之後就收回目光，低頭繼續埋頭工作。

這是什麼情況？難道徐一莫和商深已經對對方的身體熟悉到視若無睹了？不會吧，她明明記得徐一莫和商深還在只有朦朧好感的初級階段，還沒有突破男女界限，怎麼兩人表現的好像早就曲徑通幽了一樣？

毛小小張大了嘴巴，簡直不敢相信自己的眼睛。

不過，不管她有多少疑問，徐一莫和商深都沒有理會她的不解，削完蘋果後，徐一莫遞給商深。商深看也沒看過接過蘋果，咬了一口又放了回去：

「太晚了，不吃東西了，我寫完手中的幾個代碼就睡覺。」

徐一莫伸了伸懶腰，打了個大大的哈欠：「商哥哥，你覺得葉十三會善罷干休嗎？」

「不會。」商深合上筆記型電腦的螢幕，呵呵一笑，「明天他還要找我，他是個野心家，每一步的成功都會是他的下一個階段的墊腳石，他不會停滯不前，得隴望蜀是他的本性。」

「你要怎麼對付他？」

徐一莫將商深咬過的蘋果放到自己嘴裡，似乎沒有意識到她吃商深剩下的蘋果，顯得她和商深的關係有過從甚密之嫌。

「對付他？」商深笑了，「現在形勢和以前已經不一樣了，他不再是我的對手了。」

「那誰是你的對手？」徐一莫納悶地問，沒有明白商深的意思。

商深含蓄一笑：「整個互聯網世界。」

是夜，徐一莫和毛小小並躺在床上，雖然夜色已深，二人卻全無睡意。

毛小小睜大眼睛望著天花板，愣愣地想事情，忽然問道：

「一莫，我覺得你真的喜歡上商深了，你有沒有想過到底要怎麼辦？商深可是崔涵薇的男友，你和崔涵薇關係又那麼好。萬一讓她發現你也喜歡上商深，你怎麼和她相處？」

「誰說我喜歡商深了？別鬧了，我只是對他有好感，當他是哥哥而已。」徐一莫雙手擺弄著頭髮，眼睛也出神地盯著天花板。

「別騙了，你自己相信你剛才說的話嗎？」

「……」

沉默了一會兒，徐一莫莫名其妙地笑了，「好感也好，喜歡也罷，whatever，車到山前必有路，愛到深處必結果，睡吧，明天又是一個豔陽天。」

「服了你了，真是一個盲目樂天派。」毛小小嘟囔了一句。

兩天後，崔涵薇和興潮、索狸網的談判傳來了好消息，電腦管理大師和螞蟻搬家都以超出商深預期的價格分別和兩家網站達成了合作協議。從此，

商深精心培育的兩款軟體分別成為興潮網和索狸網旗下出品的產品。

至於最終的價格是多少，許多人紛紛打聽，希望得到一個確切的消息，卻始終沒有一個準確的說法。外界只知道商深將兩款軟體賣出，卻不知道到底是以現金的形式還是股份交換的方式，一時之間，關於商深在最佳時間點售出兩款軟體的消息，成為中國互聯網最熱門的話題，以至於連ＯＩＣＱ迅猛上漲的態勢也被商深的風頭掩蓋了。

但在商深看來，他和興潮網、索狸網的合作是很自然的事，不應該成為主流事件，反倒是ＯＩＣＱ以幾何級數量增長的註冊用戶數才是最值得關注的新聞事件。只不過此時的中國互聯網還沒有意識到社交軟體在以後會締造一個龐大的互聯網帝國，只當ＯＩＣＱ是互聯網大潮中一個可有可無的小軟體，儘管使用者眾，卻沒有變現的切入點，換句話說，熱鬧是熱鬧，卻沒有賺錢的價值。

許多人有這樣的認識也可以理解，此刻馬化龍正因為ＯＩＣＱ迅速增長的用戶數而頭疼不已，過快的增長導致伺服器不堪重負，而他已經山窮水盡，連再買一臺新伺服器的資金都沒有了。他和王向西在北京尋求資金未果之後，回到深圳，仍然深陷資金短缺的泥淖中。但商深堅信馬化龍會走出資金短缺的關口，從而迎來事業上柳暗花明的一個轉捩點。

對商深來說，現在他也走到了事業的轉捩點，而且還是至關重要的一個轉捩點。出售了兩款軟體之後，在外界看來，施得公司現在面臨沒有產品的困境，下一步是繼續推出軟體還是轉型，就是一道艱難的選擇題了。

當然，商深心中已經有了明確的方向。

下午一上班，崔涵薇和藍襪一同走進商深辦公室。

崔涵薇滿面春風：「告訴你一個好消息和一個壞消息，想先聽哪一個？」

「壞消息。」

商深從崔涵薇眼神中的喜悅就可以得出結論，所謂的壞消息，要麼不是太壞，要麼就是別人的壞消息，所以他才輕鬆自若。

「還真被藍襪猜對了，她說你一定會先聽壞消息。」崔涵薇嫣然一笑，「我還以為你會先聽好消息的，結果居然是她贏了，真是的。」

「行了，快告訴他壞消息和好消息吧。」

藍襪抿嘴一笑，雖不改淡然的本色，卻比以前稍多了人間美景。

「壞消息是……」崔涵薇嘆息一聲，無奈地搖搖頭，「是我哥哥的事情，他還是被黃廣寬騙了，被騙走一千萬。」

「一千萬？」商深大驚失色，「不會吧，涵柏在商場摸爬滾打也有些年頭了，怎麼會被騙走一千萬？一千萬可不是個小數目，他也太大意了！」

「不是大意，是貪心。」

崔涵薇很是無語，上次後海酒吧事件之後，她以為哥哥會認清黃廣寬的為人，不再和黃廣寬來往，沒想到，事後不久，黃廣寬再來北京，哥哥又禁不住他天花亂墜的吹牛，和他見了一面。不見面還好，一見面，就又深陷其中不能自拔了，任憑黃廣寬擺佈，乖乖地交出千萬鉅款，然後黃廣寬就失去了聯繫。

得知被騙後，崔涵柏氣得幾乎要瘋掉，卻又不敢報警，因為他和黃廣寬合作的生意有不能見光的部分，一報警就等於自投羅網了。

自以為聰明的他無論如何也咽不下被黃廣寬騙得團團轉的事實，直接帶人飛到深圳，試圖用武力解決問題，結果在深圳待了一周，連黃廣寬的影子都沒有發現。無奈之下，只好悻悻地回到北京，氣急敗壞加羞憤難當，就一病不起。

崔涵薇去看望崔涵柏，在她的連番追問下，才知道事情的始末。她當時也氣得不行，崔涵柏卻哀求她不要告訴爸爸，也不要告訴商深。否則爸爸非打斷他的腿不可，而商深則會嘲笑他一輩子。崔涵薇既氣憤崔涵柏的貪心和愚蠢，又心疼崔涵柏的病情，病倒後的崔涵柏削瘦許多，整個人都沒有了精神，彷彿一下老了十幾歲。

一千萬的數額雖然巨大，但對家大業大的崔家來說，還不至於傷筋動骨，重創的是崔涵柏的信心和士氣，他一向自視過高，認為自己既有經商頭腦又有識人之明，結果卻一頭栽倒，摔了個天大的跟頭，怎不讓他痛不欲生！

「這事怎麼辦才好呢？」崔涵薇愁容滿面，憂心忡忡，「既不能告訴爸爸，又幫不了哥哥過關，商深，你說我到底該怎麼做？」

「這事先放到一邊，說說好消息是什麼。」

商深震驚過後，深呼吸幾口，又恢復了平靜，緩緩坐回座位，臉上的表情已經雲淡風輕了。

「好消息就是……」崔涵薇也從沮喪的情緒中跳了出來，恢復精神，「歷隊已經答應將七二四以股份合作的方式，由我們公司正式推向市場，同時，一二三網站也正式通過各種測試，隨時可以推向市場。」

「太好了！」商深一時高興，拍案而起，「施得公司在推出七二四和

一二三網站之後，公司的市值會再上一個臺階，等市場成熟時，將七二四和一二三網站連同公司打包出售，肯定可以賣到一個讓人振奮的價格。」

歷隊的七二四軟體遲遲沒有推向市場，但一直在完善中。現在正好商深的電腦管理大師賣給了興潮網，商深就有意和歷隊合作，將七二四拿到公司，在經過他的進一步優化之後，再正式推出。

歷隊欣然應允，正好他最近正忙於公司的重組，忙得不可開交，七二四也有一段時間沒有進行更新了。而且他自知在程式設計方面不如商深的地方太多，由商深拿走之後進行補強再推出，效果會好上許多。

至於合作方式，他什麼條件都沒提，只管讓商深隨便處置。商深卻不肯，他必須尊重智慧財產權，尊重別人的勞動成果，雖然嚴格來說，七二四的誕生，也是歷隊抄襲了他在火鍋店隨手寫成的小程式的思路，但歷隊畢竟為七二四付出了不少心血和智慧。商深就讓崔涵薇前去和歷隊談判，他不擅長談判，而崔涵薇卻有談判方面的天賦。

歷隊能同意以股份合作的方式轉讓七二四的版權是最好不過了，商深哈哈一笑：「七二四今天晚上悄悄上線，正式推向市場，先測試一下用戶的反應；一二三明天一早上線，施得公司即將迎來新一輪的高潮。」

「嗯。」對於商深的決定，崔涵薇一般情況下沒有反對意見，她基本上已經養成事事服從商深的習慣。

藍襪在公司本來就管事不多，對商深的決定更是沒有異議。商深於是召集王松等人開會，傳達他的決定，隨後王松等人就投入到緊張的準備工作之中。

經過代俊偉的指點，一二三網站的搜尋引擎得到了進一步優化，據商深估計，一二三網站的搜尋引擎技術已經領先國內任何一家網站，包括三大門戶網站。

幾個小時後，在下班前，一切準備就緒。商深躊躇滿志，正式下達命令：「上傳七二四！」

一款對整個互聯網業界產生深遠影響的軟體，就這樣悄無聲息地上傳到了互聯網上，也不知道誰是第一個下載者，總之，作為以後名氣遠超電腦管理大師的七二四軟體，從此正式登上了歷史舞臺。

「商總，一二三明天一早幾點推出？」

王松不是很理解為什麼在賣掉電腦管理大師之後，商深又拿來和電腦管

理大師有幾分雷同的七二四作為公司的主打產品，但他清楚一點，商深肯定有長遠的謀算。

「八點。」

商深注意到王松欲言又止的神情，笑道：「王哥，你是不是不明白為什麼剛賣掉電腦管理大師，又推出這款七二四？是不是覺得我們在重複一樣的東西？」

王松微一遲疑，點了點頭。

「其實七二四和電腦管理大師表面上似乎功能相差無幾，定位並不完全一樣，這麼說吧，七二四就像是全能管家和電腦照顧大師的綜合體，既照顧了菜鳥用戶，又照顧了中階用戶，同時，還保留高階用戶自行定義各項功能的選項。所以說，七二四是一款可以全天候保護並且照顧電腦的智慧型軟體，除了具備應有的清除惡意外掛程式的功能之外，還具備殺毒、修復功能、定時開關以及電腦加速、首頁體檢和軟體分析、工具箱等功能，可以說，你能想到的所有功能，七二四全部具備。相信在不久的將來，七二四會成為每個電腦使用者必備的軟體之一！」

王松心中大起波瀾！原以為商深賣掉了電腦管理大師，就放棄了電腦管理軟體的市場，沒想到商深回手一劍，居然將七二四直接拿來當成了新的起點，不但保留電腦管理大師的優點，還彌補了電腦管理大師對初、高級使用者照顧不到的缺點，完全是讓他想像不到的出招。

王松對商深的佩服上升到了無與倫比的高度，表面上商深賣掉了電腦管理大師，實際上商深還在繼續電腦管理軟體市場的事業，但之後的路到底要怎麼走，他還揣摩不到商深的長遠規劃到底是怎樣的高度。

「就是說，七二四會在正面對全能管家形成狙擊之勢？」

王松瞬間想到了范衛衛的全能管家對電腦管理大師的衝擊，現在好了，七二四會以雷霆之勢對全能管家狠狠反手一擊。

「只為市場，無關個人恩怨。」

說實話，商深確實沒想過要狙擊全能管家，儘管說來，七二四由於功能非常全面的緣故，肯定會對全能管家形成衝擊。但市場就是市場，得市場者得天下，不能說范衛衛有了全能管家，他就不能再推出七二四了。

「嗯，明白。」王松點點頭，轉身出去了。

商深收拾東西，正要下班時，手機及時響了，一看是葉十三來電，他笑了，葉十三憋了兩天，終於還是忍不住了。

「商深，事情考慮得怎麼樣了？」

葉十三的語氣努力保持平靜，然而他早就迫不及待想要聽到商深的答案了。商深是否配合他的戰術事關重大，更有可能會為他帶來高達幾千萬美元的利益。

「考慮好了。」商深輕輕一笑，「以一億為上限，如果售價超過一億以上，超出的部分，分我二分之一。」

「什麼？你太無恥了吧？」葉十三憤怒地說，他不敢相信一向看淡利益的商深居然也會提出如此苛刻的條件，「你這是趁火打劫！」

之前葉十三提出的條件是以一點二億為上限，如果售價高出一點二億以上，超出的部分，他分商深三分之一，商深卻獅子大張口，直接要求一億以上就要分二分之一，葉十三不生氣才怪。

「我趁火打劫？我是被你拖下水才對。」商深一副無所謂的態度說：「十三，又不是我找你，是你主動找我的。我的條件你不答應沒關係，反正我最近也很忙，沒什麼多餘的時間。」

「你……」

葉十三差點暴走，商深拿捏的分寸之準，完全打在了他的七寸之上，因為對方的底線就是一億，超過一億的可能性不大；他原本指望有商深的配合，可以賣到一點二億，如此，他不但多賺了兩千萬，還可以不用分商深一毛錢。結果商深直接以一億美元為起點，超出部分要分他一半，他如果答應了，最後賣到了一點二億，會便宜了商深，讓商深白得一千萬美元；但如果不答應，只賣一億美元，他也會少收入一千萬美元。

葉十三進退兩難，被商深逼到了牆角。

問題是，他想要提高出售價格，就必須要商深的配合，沒有商深的配合，他一個人唱不了一齣自彈自唱的獨角戲。

商深！葉十三緊咬牙根，握著手機的手微微有幾分發抖，有心不答應，卻又不甘心；答應了，又不想商深平白得了便宜，怎麼辦？

他努力平息起伏的心情，儘量讓自己的語氣表現得若無其事：「真的沒得商量？」

「十三，不要再浪費時間了。」商深淡淡地說，他並不指望可以得到一筆意外之財，他還有更重要的事呢，「對了，我的電腦管理大師賣給興潮網了，以後興潮是不是繼續和你的中文上網外掛程式過不去，就不是我的事情了，呵呵。」

「什麼？」葉十三心中一驚，原本在商深面前大勝一局的優越感忽然降低了不少，他一直覺得雖然和商深幾次交手有勝有負，但總體來說，他還是借助商深的力量成功地實現了知名度的提升，並且比商深提前一步賣出了公司，而且還是一億美元的高價，相比商深現在雖然有兩款知名軟體，卻既沒有融資，又沒有上市的尷尬處境強了不知多少。卻沒想到商深居然另闢蹊徑，將電腦管理大師賣給了興潮網，不由他心裡不五味雜陳。

不過又一想，國內的公司，資金不夠雄厚，肯定賣不了多少錢，更賣不到一億美元的高價，和他相比，還是有天淵之別。

按捺不住心裡的好奇心，葉十三終究還是問出了口：「賣了多少錢？不會也有一億美元吧？」

「哈哈……」商深大笑，他可以猜到葉十三患得患失的心理，故意說道：「也許是白送，也許是價值連城。不好意思，十三，我還有事，先掛了。」

握著手中的電話，葉十三一時神思恍惚，不知道如何是好了。賣掉了電腦管理大師的商深，對他來說就失去了利用的價值，商深手中沒有了武器，怎麼配合他演一場大戲來讓資方更加高看他的中文上網網站一眼？

失去了殺器的商深，等於是失去了最大的依仗，對他來說，電腦管理大師是商深的安身立命之本，商深賣掉了電腦管理大師，到底是想怎樣？不想再從事互聯網行業了？還是已經找到了另外的出路？

不管商深是什麼打算，他沒有了電腦管理大師，就不再具備和他配合演戲的資格，葉十三心思沉浮，更加不知道該怎麼辦了。

第七章

軟體帝王

如果說電腦管理大師剛推出時只從下載量判斷是前景未明，
那麼七二四絕對是一款影響整個互聯網的重量級軟體。
甚至可以毫不誇張地斷言，在不久的將來，
七二四有可能會一統江湖，成為電腦管理類型軟體的帝王！

次日，中午時分，葉十三在辦公室，對商深提出的條件他還在猶豫之中，正想得頭疼時，伊童和范衛衛推門進來了。

「商深簡直無恥到家了不說，卑鄙下流的手段還層出不窮，」伊童咬牙切齒的樣子，像是要吃了商深一樣，「剛賣掉電腦管理大師，轉身又推出了一個七二四，七二四不但包含了電腦管理大師的全部功能，還把全能管家的功能也放在裡面了，等於賣了一個電腦管理大師，又出了一個電腦管理大師和全能管家的綜合版，真有一套。」

「哼，商深現在已經徹底淪落為唯利是圖的商人了。」

范衛衛也是氣憤難平，七二四的問世，明顯讓她感覺到商深反手一擊的森然殺意，並且七二四一經推出就大受歡迎，下載量急速攀升，不出意外的話，取代全能管家只是時間問題。

這讓她深刻地意識到一點，商深在表面上人畜無害的背後，有一顆讓人防不勝防的玲瓏之心。商深從來不將反擊和出手掛在嘴上，卻往往會打對手一個措手不及，讓人在猝不及防的同時，又深深地陷入到被動之中。

七二四的名字遠不如電腦管理大師響亮，乍一聽，很容易讓人不知道是一款有什麼用處的軟體，但奇怪的是，七二四才一推出，卻比電腦管理大師剛推出時還要火爆，下載量在短短幾小時內就破了紀錄，而且上升的速度之快，完全可以用奇蹟來形容。

如果說電腦管理大師剛推出時只從下載量判斷是前景未明，那麼七二四的未來可以現在就得出結論——絕對是一款影響整個互聯網的重量級軟體。甚至可以毫不誇張地斷言，在不久的將來，七二四有可能會一統江湖，成為電腦管理類型軟體的帝王！

范衛衛還以為商深賣掉電腦管理大師，又進一步和代俊偉談好了合作意向，會將主要精力用到搜尋引擎商業化之上，對管理軟體的市場不再關注，那麼她的全能管家就能趁機崛起，成為市場同類軟體的領軍者。卻沒想到商深所謀深遠，既有前手又有後招，而且出手之快之狠，完全是要將她的全能管家一刀斬落馬下的概念。

范衛衛在痛恨商深翻臉無情之時又束手無策，只能眼睜睜看著商深的七二四一騎絕塵，以迅雷不及掩耳之勢直奔帝王之位而去。

「七二四？」葉十三也驚呆了，驚呆過後，忙打開電腦下載了七二四，簡單地試用之後，他倒吸了口涼氣，七二四不管是頁面配置還是整體架構，都比電腦管理大師更美觀更專業。

葉十三又測試了一番，包括卸載中文上網外掛程式還是鎖定主頁，甚至是專門針對惡意外掛程式的補丁功能，只要打上補丁，不管什麼惡意外掛程式都無法隨意安裝的強大功能，讓他的中文上網外掛程式失去了生存的空間。再加上完全囊括了全能管家的所有功能，一個七二四可說是大開殺戒。

商深這一手夠狠夠犀利，一箭雙雕！

葉十三緊皺眉頭，昨天他還希望商深可以配合他演一場好戲來提高他的中文上網網站的知名度，從而進一步提升市場預期和估值，賣個更高的價格，沒想到商深賣掉了電腦管理大師。他還以為商深對他來說失去了演對手戲的資格，原來商深轉身又拿出一款比電腦管理大師更有市場前景，更有實用價值的軟體。

儘管七二四有可能會給范衛衛的全能管家帶來滅頂之災，但范衛衛的死活並不在他的考慮範圍之內，如果商深答應配合他的演戲，七二四反倒比電腦管理大師更有優勢。

想通此節，葉十三頓時有柳暗花明又一村之感，心情大好，一拍桌子：

「太好了，天助我也。」

伊童和范衛衛被葉十三的舉動震驚了，二人一臉驚愕，伊童十分不解：

「什麼意思，葉十三，你還為商深的所作所為叫好？」

「不是，我是為我們的前景歡呼。」葉十三意味深長地看了范衛衛一眼，微有幾分埋怨地朝伊童使了個眼色，責怪伊童不該帶范衛衛過來。

伊童沒有葉十三想得長遠和複雜，回應了葉十三一個疑惑的眼神，也不顧忌范衛衛在場：「說吧，有什麼事情直接說，沒什麼可隱瞞的，衛衛是自己人。」

葉十三無言，范衛衛算哪門子自己人啊？不提范衛衛曾經是商深女朋友的往事，再者范衛衛也是互聯網門外漢的身分，根本沒有資格躋身到互聯網的大潮中和他一起玩耍，只有商深才有資格。

好吧，你不介意就算了。葉十三分析說：

「七二四的推出，其實對我們來說是利多消息，當然，也許會對范總的全能管家帶來衝擊，但任何事都有利有弊，如果七二四正面和我們為敵，再和我們來一次世紀大戰的話，那麼戰火再次點燃後，又會成為業界內的一個重大事件，事件鬧得越大，我們的地位就越高……」

聽葉十三這麼一說，伊童瞬間就明白了葉十三的想法，七二四下載量越大，知名度越高，中文上網網站和七二四的大戰引發的連鎖反應就越明顯，

如此一來，中文上網網站的市值就會跟著提升不少。

伊童大喜過望：「商深還真是及時雨，問題是，他肯不肯配合我們？」

「只要有錢可賺，商深肯定會配合，他又不傻。」

葉十三呵呵一笑，一臉自得，忽然想起此事對范衛衛的打擊不小，就對范衛衛安慰說道：

「衛衛，這件事對事不對人，你不要多想，我只是想將利益最大化，再說了，商深這麼做，也未必就是故意針對你的全能管家。」

「哼！」范衛衛哼了一聲，對葉十三見風使舵的做法大感失望的同時，更深刻體會到在利益面前沒有永遠的朋友，她心中無比失落，沮喪說道：「也許我不該進入互聯網行業，我並不喜歡互聯網，非要進來，根本是自尋煩惱。等有機會還是賣掉全能管家，然後做自己想做的事情吧。」

「別呀，衛衛，我們又不是沒有別的路子可走……」

伊童背著手在房間中繞圈子，一臉沉思，忽然眼前一亮，「與其讓商深配合我們，不如讓衛衛配合，十三，商深不但提出的條件苛刻，而且他和我們不是一條心，不可控的因素太多了，如果是衛衛配合我們，就默契和同步多了。」

「你的意思是說，讓全能管家和中文上網外掛程式再次上演一次大戰？」

其實葉十三不是沒有想到讓范衛衛配合他的商業大計，但他對范衛衛沒有信心，全能管家他也研究過，不管是代碼結構還是演算法，都和商深的電腦管理大師相去甚遠，更別提和七二四相比了，全能管家騙騙菜鳥用戶還行，在中級用戶眼中就是很幼稚的產品了，更何況對他這樣的專業人士而言。

「是的，你覺得怎樣？」

伊童一臉期待，她不願意商深從中分一杯羹，雖然相比之下范衛衛也很刁鑽，但作為合作夥伴，她還是希望利益能和范衛衛分享，而不是和她討厭的商深。

「嗯……」

葉十三遲疑，范衛衛的全能管家沒有卸載中文上網外掛程式的能力，除非他向范衛衛透露原始程式碼，或是……他忽然心生一計，「如果衛衛肯提供全能管家的原始程式碼給我，讓我自己添加卸載中文外掛程式的功能，然後再拿出來和中文上網外掛程式對打，這樣就好玩了。」

范衛衛自然不肯將原始程式碼交到他人之手，原始程式碼相當於一個軟

體的根本，不過……她想了想，忽然有了主意：

「不如這樣，我索性把全能管家賣給你好了，你拿去想怎樣添加功能就怎樣添加，我省事你也省心，自己配合自己演戲，多好多方便?!」

好一個辦法，葉十三不出多看了范衛衛一眼，一身女強人打扮的范衛衛粉面如玉，雙眸如星，只不過在她完美的面孔下，也有一顆唯利是圖之心，他不知何故忽然想起了崔涵薇。

崔涵薇也許不如范衛衛新潮，但她比范衛衛端莊並且高貴。或許是家庭的薰陶，或許是家教良好之故，同樣也經商的崔涵薇周身上下就沒有市儈的商人氣息。她淡然如風，從容如松，對金錢沒有太多的渴望，更沒有表現出迫切之意。

女孩也好，女人也罷，不管多漂亮多美麗，只要身上流露出唯利是圖的商人氣息，就會讓所有的美麗大打折扣。如果說沒有唯利是圖的女人是一朵嬌豔的鮮花，那麼有商人氣息的女人就是一朵鮮美無比卻沒有生機的假花。假花再好，也沒有動人之美。遍看北京花，還是薇薇好。

不過……有時和唯利是圖的商人打交道也有好處，就是什麼事都可以在利益的框架下談判，不像崔涵薇，葉十三不管是用金錢攻勢還是權力攻勢，都無法俘獲女神的芳心，因為崔涵薇不是一個會為了利益而出賣原則的人。她什麼都不缺，所以無欲則剛。

「賣給我也可以，不知道范總開價多少？」葉十三試探問。

「一千萬美元。」

范衛衛開口就要了一個高價，她知道葉十三的中文上網網站正在和資方談判的事，對方已經出價到一億美元，她借機從中分一千萬，不過是十分之一，相信葉十三不會不捨得。況且她也從伊童口中得知葉十三和商深的討價還價，如果葉十三得了她的全能管家之助，最終賣到了一點三億美元的高價，她分紅一千萬美元，葉十三還可以淨得一點二億，這是雙贏的結果，何樂而不為？

「一千萬？范衛衛，你沒事吧？」葉十三還沒有說話，伊童先瞪大了眼睛，「你的胃口也太大，吃相也太難看了。就憑你的全能管家還想賣到一千萬美元？一千萬日圓還差不多。」

葉十三卻是呵呵一笑，比伊童的話更委婉更含蓄：「我頂多花幾十萬人民幣就能寫一個比全能管家功能更周全的同類軟體出來，何必要花一千萬美元買你的全能管家？」

「是啊，你可以寫出一個更好更強大的同類軟體出來，但市場不認可也等於是零。現在不是比誰的軟體更強大，功能更全，而是看誰的市佔率高。市場才是決定性因素。」范衛衛胸有成竹。

「算了，不談了，我們和商深合作好了。」

伊童生氣了，她怎麼也想不到范衛衛會在關鍵時刻臨門一腳趁火打劫，虧她還無比信任范衛衛，把底牌都露了出來，結果倒好，反成了范衛衛用來討價還價的籌碼。

話說完，伊童伸手拉開門，擺出了送客的姿態。

葉十三搖頭笑了，這麼久了，伊童還沒有改變動不動就翻臉的脾氣，真是服了她了，做生意不是鬥氣，是談判，是較量和退讓，是心理交鋒，如果都和伊童一樣，動輒就動怒，以後什麼生意都做不成了。

葉十三將門關上，緩頰說道：「什麼事都好商量嘛，一千萬美元的價格確實高了些，這樣，衛衛，以一點二億美元為起點，超出部分的三分之一算作全能管家的收購金，怎麼樣？」

「這樣不好吧？商深的條件是以一億美元為起點，超出的二分之一作為回報，你現在起點上漲到一點二億美元不說，超出部分還只分我三分之一，太厚此薄彼了吧？這樣吧，以一億美元為起點，超出的二分之一歸我，怎麼樣？」

范衛衛並沒有因剛才伊童的舉動而影響心情，現在可是能大賺一筆的時候，而且又是搶了商深的生意，她十分想促成此事。但面上依然保持淡定，以免被葉十三看出她的迫切，故意拿她一把。

「一億美元，三分之一。」葉十三退了一小步。

「一億美元，二分之一。」范衛衛不肯讓步。

「一億美元，三分之一，不同意就算了。」伊童插了句。

「一億美元，五分之二，再高我就真的承受不了了。」葉十三再次小小地退讓一步。

「一億美元，二分之一！」范衛衛繼續堅持她的要價，一副吃定葉十三的架勢。

「好吧……」葉十三遲疑片刻，拿出了手機，「我還是和商深合作好了，雖然麻煩一些，但商深畢竟更專業，也省了我自己編碼的勞累。」

「可以。」范衛衛不為所動，轉身要走，「買賣不成仁義在，祝葉總和商深談判成功。在你們大戰的時候，我也可以加入戰團，為你們的戰爭再添

一把火，就當是朋友之間的無償奉獻了。」

葉十三的電話並沒有撥出，眼睜睜看著范衛衛走出門口，他緊握手中的手機，若有所思地笑了。

范衛衛下了樓，等了片刻，電話沒有如她期待中響起，難道葉十三真的放棄了？不應該呀，不管怎樣，和她合作總比和商深合作好上許多，而且還可以平白得到一個全能管家，以後轉手一賣，就算只賣幾百萬人民幣，也是額外撈到的一筆意外之財。以葉十三的聰明，不會算不清這筆帳。何況和商深合作，萬一商深中途反悔了，葉十三可無法控制商深，豈不是前功盡棄？

范衛衛想不明白，有心再等，又怕過於明顯會讓葉十三不肯退讓，就發動汽車，駛離了停車場。

站在窗前望著范衛衛遠去的汽車，伊童恨恨地說道：「范衛衛真是一個白眼狼，見有機可乘，馬上就撲上來大咬一口，太沒水準了。」

「對了，你沒有聽說崔涵柏被黃廣寬騙了一千萬氣得住院的事？」葉十三沒有接伊童的話，轉移了話題，「我們去醫院看望一下崔涵柏，表示慰問。」

「你沒事吧？」伊童不解地說：「我們的事還沒有解決，幹嘛去看崔涵柏？再說崔涵柏和我們又有屁關係？你是不是想藉巴結崔涵柏，好讓崔涵柏對你產生好感，然後指望他在崔涵薇面前替你美言幾句，好讓崔涵薇對你改變看法？別做夢了，崔涵薇才不會受崔涵柏的影響。」

「我沒你想得那麼膚淺。」葉十三也不惱，呵呵一笑，「我去看望崔涵柏，自有深意……我就問你一句，你去不去吧？」

「去。」

伊童在葉十三面前越來越無法堅持己見了，只要是葉十三認定的事，哪怕她再反對，在最後關頭也會妥協。

「為什麼不去?!」

「這才聰明。」葉十三自信地笑了，然後才拿出電話打給范衛衛，「范總，回頭你讓人把全能管家的原始程式碼送來，協議書也同時帶過來吧。」

「你答應范衛衛的條件了？你不能縱容她的無理取鬧。」伊童頓時火起。

「你應該這樣想，如果和范衛衛的合作可以成功，我們付出的代價不比和商深合作付出的代價大，同時又得了一個全能管家，算起來還是賺了。再說，說不定全能管家在我手中還可以更加發揚光大，成為七二四最強有力的

競爭對手，到時七二四佔領的市場份額越大，全能管家的估值就越高。水漲船高的道理，你又不是不懂。」

「好吧，你總是有理。」伊童也想通了，葉十三的話確實大有道理。放下電話，葉十三一臉喜色：「范衛衛說，三個小時內就會送來全能管家的原始程式碼。走，趁現在有空，去一趟醫院看望一下崔涵柏。還有，記得叫上畢京。」

「為什麼要叫上畢京？」伊童沒跟上葉十三的思路。

「我有一個想法想和畢京溝通一下，現在嘛……暫時保密。」

「保密你個頭！」伊童被葉十三故作神秘的樣子逗笑了，打了葉十三腦袋一下。

畢京接到伊童電話時，正在工廠視察廠房的擴建進度。現在他的加工廠蒸蒸日上，接了不少大單，原來的廠房就不夠用了，必須擴建以適應更大的發展。

以前工廠只生產儀表配件和各種石油配套設備，後來畢京敏銳地發現市場風向的改變，說服畢工購買了一套精密的電子加工生產線，開始承接電子產品的配件生產。從最開始的記憶體電路板，到後來的主機板電路板，再到手機外殼，他的工廠從不少有名的大型製造集團手中搶到訂單，進入了快速發展期。

在畢京的設想中，兩三年後，工廠的產值有望突破一億。五年後達到十億的規模，成為北京乃至整個北方最大的製造集團。

下一步，畢京打算承接國內幾家大型電腦公司的主機殼代工，訂單金額高達千萬。現在的畢京躊躇滿志，儼然以成功者自居了。

事業有成的幸福卻掩蓋不了情場失落的沮喪，范衛衛對他的拒絕和冷落，讓他一直難以釋懷。他太喜歡范衛衛了，越是追求不到越是想得到，是每個人的通性，畢京自認現在的他身家比商深高了不止十倍，幾年後，比商深高出百倍都不在話下，除了長得沒有商深帥之外，他哪一點比不了商深？男人靠的是才華和本事，又不是拼臉蛋，范衛衛為什麼就看不上他？

越是不服，越是憋屈，畢京就越將全部精力都投入到事業之中，期望在事業上的成功將商深死死地踩在腳下，讓商深永遠仰視他。

以他估計，現在商深除了年薪十幾萬是最大的收入之外，其他持有的股份，比如在馬化龍的企鵝公司的股份，在興潮網、索狸網的股份，以及和

馬朵、代俊偉的合作，都是空中樓閣，最後會是悄然破滅的泡沫，一場空而已。

就連葉十三的中文上網網站都有外資出價一億美元收購，商深的電腦管理大師和螞蟻搬家直到今天還無人問津，不得不說是一種悲哀，不管是孤芳自賞的悲哀，還是市場定位不明的悲哀，反正商深就是一個悲劇。

范衛衛也真沒有眼光，當初怎麼就看上了商深這樣一個只會吹牛說大話、不會幹實事的貨色？畢京對范衛衛大有意見，在幾次邀請范衛衛未果之後，更對范衛衛牢騷滿腹，覺得范衛衛太不給面子也沒水準了。

儘管對范衛衛十分不滿，但他對范衛衛的感情反倒因為范衛衛的拒絕而越來越濃烈了。

「去看望崔涵柏？」畢京對葉十三的提議很不解，「幹嘛浪費時間？」

「肯定不會浪費時間。別廢話了，我馬上到你的工廠，你趕緊出來。」葉十三催說。

「好吧。」

畢京也懶得再問了。他現在很是佩服葉十三，以前他覺得從事互聯網行業沒什麼前景，不成想還不到兩年光景，葉十三的網站居然賣到了一億美元的高價，雖然還沒有成交，但顯然談妥的可能性極大。一億美元，相當於他目前工廠幾十年的產值，太不可思議了。

畢京和葉十三會合後，上了車，見伊童和葉十三儼然是一對戀人，也沒覺得有什麼尷尬，笑道：「什麼時候喝你們的喜酒？」

「還早，說不定你和范衛衛會更早。」葉十三發動汽車。

「我和范衛衛？沒可能了，范衛衛不會喜歡上我，除非商深死了。」畢京搖頭苦笑。

「商深死了范衛衛也未必會喜歡上你，你不瞭解女人，女人的感情不會因為她喜歡的男人的死亡而轉移到一個不喜歡的男人身上。」

伊童不客氣地說出了真相，「你想贏得范衛衛的好感，想最終抱得美人歸，你就得配合十三的計畫。」

「什麼計畫？」畢京立刻來了興趣。

「我會收購范衛衛的全能管家，范衛衛有意退出互聯網行業，她對實業更感興趣，而你一直從事的就是實業。等范衛衛拿到我付給她的收購資金後，她手中就會有一筆空閒的資金需要尋找項目投資，這時候，你的機會就來了。」葉十三眼中閃動光芒，早就謀劃好了一切。

「知道我為什麼非要拉你一起去看望崔涵柏嗎？」

「不知道。」畢京完全被葉十三繞暈了。

「崔涵柏剛被黃廣寬騙了一千萬，他名下有一個加工廠，現在資金鏈斷了，轉讓加工廠是最佳選擇，你現在出手買下他的加工廠，對他來說是雪中送炭。然後等范衛衛到手資金後，你再及時出現，以加工廠入股和范衛衛合作，范衛衛想必不會推辭；這樣一來，你就有足夠的理由和時間天天和范衛衛在一起了。」

雖然葉十三的計畫很繞，而且成功的可能性建立在許多不確定的因素上，但不失為一個妙計，畢京大喜：「還是十三哥想得周全，謝謝哥，你真是我的親哥。」

葉十三哈哈大笑：「我也不完全是為了你，說實話，如果你從崔涵柏手中買走了加工廠，等於是打了崔涵薇和商深的臉，崔涵薇和商深肯定會恨你，因為崔涵薇和商深不會想讓崔涵柏賣掉工廠，崔明哲也不想。崔家家大業大，崔涵柏賣掉工廠是敗家之舉，傳出去，會影響崔家的聲譽；而且如果我沒有猜錯的話，商深還有意想辦法幫崔涵柏追回被騙的資金，不想讓崔涵柏淪落到賣工廠的地步，所以我們要先下手為強。」

「沒問題。」畢京明白了葉十三一箭雙雕的用意，「我手中正好有一筆流動資金，可以先拿來買崔涵柏的工廠。」

不多時，幾人到了醫院，崔涵柏住在特護病房，很好找，葉十三之前就做好功課，直接就進了崔涵柏的房間。

躺在病床上的崔涵柏雙目無神地盯著天花板，對葉十三幾人的到來視若無睹，他面如死灰，神不守舍，頭髮雜亂，形容消瘦，彷彿老了十幾歲一樣。

「崔總，我是葉十三，我和伊童、畢京來看你了。」

葉十三將禮物放在床頭櫃上，坐在崔涵柏面前，「發生了這樣的事，我也覺得很遺憾，不過有時看開一些比較好，不要對自己太苛刻了，事情已經發生了，再自責也沒有什麼用，不如化悲痛為力量，重新收拾山河，期待東山再起。」

葉十三的話就如輕風一縷，沒有引起崔涵柏的任何反應，他依然目光呆滯地望著天花板，似乎天花板上正在上映一部超級大片，他沉浸其中無法自拔。

伊童見昔日無比驕傲並且自視高人一等的崔涵柏成了現在的樣子，心中

除了同情之外，還有一絲遺憾。如果此刻躺在床上的是崔涵薇，她心中的滿足感會更強一些。

畢京沒說話，心中忽然有一種兔死狐悲之感。想崔涵柏生在富貴之家，從小錦衣玉食，要什麼有什麼，結果一著不慎就被人騙走了一千萬。幸好崔家實力雄厚，一千萬不過是九牛一毛，如果換作是他，他會一頭栽倒，再也沒有東山再起的可能。

人生有太多種可能，必須步步小心，時時謹慎，否則一步走錯，前功盡棄。

葉十三倒了杯水，遞到崔涵柏的手中。

崔涵柏接過水，目光空洞地看了葉十三一眼，喝了水：「你是誰？」

「是我，葉十三。」葉十三微笑著問：「崔總，想不想東山再起？」

誰不想東山再起，崔涵柏眼前一亮，似乎在黑暗中行走發現了前方的亮光一樣。

「怎麼起？」

「很簡單，賣了你手中的工廠，拿錢去重新投資，不出一年半載就又賺回來了，這樣，你就可以瞞過被黃廣寬騙走一千萬的事了。」

葉十三很清楚，以崔涵柏的個性，他肯定不會告訴崔明哲上當受騙的事，崔涵柏之所以現在這副人不人鬼不鬼的樣子，就是因為氣憤難平無處發洩卻又無計可施。

「賣了工廠？」崔涵柏眼睛亮了亮，光芒又迅速黯淡下去，「現在工廠已經是個空殼，因為沒錢發工資，工人都跑了，誰會要一個爛攤子？」

葉十三含蓄地笑了，一上來就交底，崔涵柏經商多年，智商和情商還一直停留在初級階段，他能活到今天才被黃廣寬騙走一千萬，也算是奇蹟加幸運了。

「涵柏……」葉十三改了口，有意拉近他和崔涵柏之間的關係，「你也知道我一直喜歡涵薇，雖然涵薇對我沒感覺，但並不妨礙我對她的純真感情。正因為對涵薇的感情，對你，我也覺得很親近，在你遇到困難的時候，我不能袖手旁觀。」

崔涵柏頗有幾分感動，他出事後，沒有一個朋友安慰過他，甚至連崔涵薇也沒有給予他足夠的關懷。當然，他出事的事除了崔涵薇外，不會超過五個人知道此事。

崔涵薇始終認為是他沒有聽從勸告，非要和黃廣寬合作，被騙也是咎由自取，因而言談間責備的口吻居多。而人往往喜歡尋找心理安慰，葉十三的出現就如雪中送炭，瞬間讓他感覺拉近了和葉十三的距離，他從來沒有和現在一樣覺得葉十三如此面目可親。

「就算你想要，工廠也不值幾個錢了。」崔涵柏聽出葉十三的言外之意，無奈地搖搖頭。

「你想賣多少？」葉十三見時機成熟，拋出了真正的來意。

「還能賣多少？」

若是以前，崔涵柏心高氣傲之時，他最少也要開出一千萬的高價，但現在，他只是伸出五根手指頭，「頂多五百萬。」

畢京悄悄拉了葉十三一把，意思是五百萬的價格太高了，不划算。葉十三悄悄衝他擺了擺手，讓他稍安勿躁。

「涵柏，你的工廠頂多值八十萬。」葉十三又倒了杯水遞到崔涵柏的手中。

崔涵柏臉色一變，正要發作，卻聽葉十三又說：

「其實多少錢不是重點，重要的是，賣掉工廠才能證明自己的價值所在，是吧涵柏？對你來說，一千萬的損失也不算什麼，不會傷筋動骨，說不定機會來了，一個項目就賺回來了；或者商深出馬，直接從黃廣寬手中替你討回公道。凡事要往好的方面想，我可以加碼到一百五十萬，一百五十萬對你來說雖然是小錢，但至少可以幫你度過眼前的燃眉之急，你有這一百五十萬拿去投資別的項目，總比放著一個空殼的工廠好上許多，對吧？」

葉十三的聰明之處在於先壓低價格，接著又拋出一個接近倍數的價位，讓崔涵柏的預期心理先低後高，雖然開價一百五十萬比崔涵柏預想的五百萬少了很多，連三分之一都不到，但在葉十三巧妙的心理戰術帶動下，不知不覺中居然接受了這個價格。

「一百五十萬……還是太少了點。」崔涵柏動搖了，但還想提高一些，不過底氣明顯不足。

「一百五十萬對你的工廠來說，價格是不高，但可以買一個機會，買一個明天，買一個未來，涵柏，其實算算你還是賺了。也許有了這一百五十萬，你就又抓住了一次一飛沖天的機會。」

葉十三諄諄善誘，步步推進，一點點攻克崔涵柏的心理防線。

「說得也是……」崔涵柏的心理防線已經全線潰敗。

「合同我都帶來了，涵柏，你看看有沒有什麼要補充的地方。」葉十三打鐵趁熱，意欲一舉拿下崔涵柏，「只要你簽字，三天之內一百五十萬就會匯到你的帳上。」

「好，簽了！」

崔涵柏又意氣風發了，從床上跳起來，看了幾眼合同，刷刷簽上自己的大名，一掃剛才的萎靡不振之色，「我要重整旗鼓，東山再起。」

回去的路上，手捏著合同，畢京還是難以相信居然真的用一百五十萬就拿下崔涵柏價值千萬的工廠。

他不無憂慮地道：「十三，萬一崔涵薇和商深知道了，會不會翻臉？」

「有合約為憑，法律上你也站得住腳，崔涵薇和商深翻臉有什麼用？」葉十三耳提面命說道：「做事情不能瞻前顧後，否則永遠也做不成大事。好了，路已經鋪好了，接下來應該預祝你和范衛衛合作成功了。」

「但願如此。」畢京喜笑顏開，心中已經開始幻想起美好的未來了。

第八章

真正殺招

「七二四也更新了，也多了指向一二三的連結，商深是在為新網站造勢。七二四的推出估計只是虛晃一槍，他的真正殺招是一二三網站。」

范衛衛點進了一二三網站，網頁點開的一瞬間，她有一種十分清新爽目的感覺。

葉十三要回公司，畢京半路下車，去了工廠，他迫不及待想要去看一看他的新廠房。新廠房就是新的未來和希望，甚至是他和范衛衛在一起的連接點。

「接下來該怎麼辦？」一進辦公室，伊童就問到葉十三的下一步，「開始正式啟動計畫？」

「當然。」葉十三躊躇滿志，一億和一點二億的差距是許多人終其一生也無法跨越的距離，但在他的推動之下，也許只是一場大戲之後的彩蛋，或者說，是一次精心策劃的炒作事件後的甜點。

他不無自豪地想，人和人的差距有時真的無比巨大，想當年他月收入兩百元時，怎麼也不會想到會有決定兩千萬美元歸屬的一天。

站在窗前，俯視樓下的車輛和人群，葉十三油然生出一種捨我其誰的豪邁。他已經將許多人遠遠地甩到了身後，不管是商深最為器重的馬朵、馬化龍還是代俊偉，就連商深本人，也只能仰望他的存在。相信不用多久，商深就會如一棵卑微的小草一般匍匐在他的腳下，低到了塵埃裡。

正好范衛衛的人送來全能管家的原始程式碼，葉十三立即叫來幾個主力的程式師，開始改寫全能管家。

由於中文上網外掛程式是葉十三自己編寫的緣故，他在研究清楚了全能管家的原始程式碼之後，再在其中加入卸載中文上網外掛程式的功能易如反掌，就如自己出題自己解答一樣。

基於此，葉十三又心生一計，既然不需要商深配合了，索性將商深徹底拋到一邊，他又重新改寫了中文上網外掛程式的原始程式碼，讓商深的電腦管理大師和七二四都無法卸載中文上網外掛程式，同時中文上網網站還設置了鉤子代碼，凡是利用電腦管理大師和七二四鎖定了主頁的用戶，都無法流覽中文上網網站。

好吧商深，既然你不願意配合我，就別怪我不客氣了，電腦管理大師怎麼樣我不管，七二四一問世我就要給它當頭一擊，希望你明白一點，我是對事不對人。

葉十三自我安慰完畢，將改寫後的中文上網外掛程式更新後，放上全新的中文上網網站網頁，然後才推出新版的全能管家。

一個小時後，網上開始有了動靜。在七二四軟體的評論頁面出現了許多質疑的聲音。

「怪事，怎麼裝了七二四後就上不了中文上網網站了？可是一卸載七二四後就正常了，難道只能二選一嗎？」

「七二四又卸載不了中文上網外掛程式了，我重新安裝電腦管理大師，結果也不行，最後抱著死馬當活馬醫的想法裝上全能管家，果然還是全能管家管用，順利卸載成功，世界終於清淨了。現在我卸載了七二四和電腦管理大師，以後電腦上只裝一個全能管家就足夠了。」

「真的？全能管家這麼好？我下載來試試。」

「……」

七二四才推出，就遭到迎頭一擊，原本前景一片看好的情勢下，因為無法卸載中文上網外掛程式以及無法登錄中文上網網站，許多人選擇放棄七二四，從而轉到全能管家的陣營。一時之間，七二四本來十分明朗的前景，突然撲朔迷離了。

歷隊最先發現了情況，當即打電話給商深：「商深，如果不及時處理這件事，七二四有可能會被扼殺在搖籃中。」

商深也發現了問題，正在公司和王松等人商議對策，他並沒有歷隊的焦急，輕鬆地道：「不急，歷哥，聯想到之前葉十三希望我能配合他演一場大戲的建議，再從以前全能管家從來不提供卸載中文上網外掛程式功能等一連串事件推斷，葉十三是和范衛衛聯手了。他們聯手，既能繞開我來提升中文上網網站的品牌價值，又能打擊七二四，一舉兩得。」

「你有什麼應對的方法？」

歷隊心情稍微平息了幾分，他對七二四傾注的感情比商深還要濃厚，如果七二四問世不久就夭折的話，他會無比痛惜。

「有。」商深自信地笑了，「圍魏救趙之計。」

「怎麼說？」歷隊被商深的自信打敗了，「快，說給我聽聽。」

「很簡單，等下你就知道了。」商深很無辜很真誠地說道：「其實我真的不是針對葉十三，希望他不要誤會才好。一二三網站選擇在現在推出，是天時地利人和綜合的結果，不是特意為了狙擊葉十三的中文上網網站。」

「我懂你。」

歷隊很清楚商深為了一二三付出了怎樣的心血，從頁面設計到原始程式碼，再到每一個網站的排序，最後具體到搜尋引擎的演算法，他都事必躬親。正是因為商深事無巨細的反覆測試，一二三網站才在比預期時間推遲了半年之久推出。

只不過時間點太巧了，正值葉十三的中文上網網站估價之際，商深

一二三網站的上線，勢必會對葉十三的出售大計帶來負面影響。至於影響到底有多大，誰也不清楚，畢竟無人知道一二三網站上線之後會不會大受歡迎。

從某種意義上來說，一二三網站上線之後所受的歡迎程度越大，相對的，對中文上網網站的衝擊力度就越大，那麼中文上網網站的市值就越低。換言之，就是一個此消彼長的遊戲。

在全能管家下載量迅速上升，很快就超越七二四和電腦管理大師，成為管理類軟體的第一名之時，范衛衛大喜過望，從來沒有感覺到會有如此出人意料的成功。葉十三也是喜出望外，打電話邀請范衛衛來公司一坐，為二人合作初戰告捷的成功舉杯慶賀。

范衛衛來到葉十三的公司，公司佈置了鮮花，準備了香檳，然而她在開心之餘卻又有一絲隱隱的不安。

「以商深的為人，絕不會善罷干休，我們現在慶賀會不會太早了一些？」

「哈哈，你太高看商深了，現在商深已經束手無策啦。先不說電腦管理大師已經不歸他所有了，七二四想要短時間內改寫代碼重新卸載中文上網外掛程式，沒有一周的時間辦不到。一周時間，說不定一切都塵埃落定了。」

伊童十分開心，舉起香檳，「來，為我們即將贏得的更大的勝利乾杯。」

伊童的開心不是沒有來由，她剛剛接到資方的電話，對方提出要儘快商談收購事宜，顯然是注意到了最新的動向。

中文上網外掛程式反擊電腦管理大師和七二四的做法，引發了網上議論的狂潮，儘管有人支持有人反對，但不管是支持還是反對，氣氛已經炒熱了。

在眼球經濟的今天，熱點就是賣點，賣點就是經濟增長點。不管熱點是集中在中文上網外掛程式上還是中文上網網站上，都是可以提升估值的無形財富。資方此時急於談判，也是想在熱度上升之前，以一個最合適的價格買下葉十三的公司。

深諳商業之道的伊童當即委婉地拒絕了資方的提議，並說另有新的資方介入，想要收購眾合公司。她要的就是製造一個人人爭搶的假象，好抬高價格，獲得利益最大化。

最後資方雖然沒有再進一步要求面談，也沒有暗示會提高售價，但伊童還是從對方的口氣中聽到了一絲鬆動，在一億美元報價的基礎上，適度提高

售價不是不可能的事，而是大有可能。反正美國人的錢不賺白不賺。

葉十三果然是天才，才一出手就提升了價值，伊童無比慶幸她當年慧眼識珠，選擇了和葉十三合作。

「對了，資方到底是誰？能出到一億美元高價的公司並不多。」范衛衛按捺不住心中的好奇，再次問到了一個關鍵的問題。

之前范衛衛問過幾次同樣的問題，葉十三和伊童都是避而不答。今天也許是酒精的刺激，也許是興奮過度，伊童脫口說出了答案：

「雅虎。」

「不是吧，雅虎？」

范衛衛無比驚訝，以雅虎的眼光，怎會看上葉十三和伊童的小公司？在她看來，雅虎進軍中國，首先要和興潮、索狸、絡容尋求合作才是正途，沒想到第一次出手卻是瞄準了葉十三的中文上網網站。

深入思考後，范衛衛大概想通了雅虎的出發點，以搜索起家、以門戶網站為主力的雅虎，想要在中國站穩腳跟，首先也要有一個橋梁，或者說是一個中轉站，收購了中文上網網站後，雅虎就可以以此網站為落腳點，利用其巨大的市佔率來推廣雅虎中國，收到事半功倍的效果。

「怎麼了，是不是覺得很意外？意外就對了。」伊童十分自得地笑了，「到現在為止，沒有幾個人知道是哪家公司要收購中文上網網站，等收購的消息正式對外公佈後，肯定會讓所有人都大吃一驚。尤其是商深，說不定會驚掉大牙。商深比我們起步還早，到現在才賣出電腦管理大師和螞蟻搬家，而且價格肯定不高，也沒有一家跨國集團看上他的公司，真是可憐。他不是一直號稱是業內的天才程式師嗎？現在看來，盛名之下其實難符。」

范衛衛沒說話，目光閃動。雖然她痛恨商深，但並不完全贊成伊童的話。她也看不清商深的佈局，不過，卻堅信商深並沒有伊童所說的那樣不堪，商深的佈局深遠，別說是伊童了，就連自認最熟悉他的她和葉十三怕也是看不清楚。

葉十三舉起手中的香檳，依次和伊童、范衛衛碰杯，意氣風發地說：「不出意外的話，一周內資方就會和我們敲定收購事宜，最少一點二億美元起跳。衛衛，你拿到一千萬美元後，有什麼打算？」

范衛衛對前景並沒有葉十三一般樂觀，她微有憂色：「互聯網是一個瞬間萬變的世界，在合約沒有正式簽字前，變數還很大，不能盲目樂觀，要繼續保持警惕，防止商深節外生枝。」

「商深已經黔驢技窮了，哈哈。」

葉十三自從和商深較量以來，從來沒有像今天一樣如此自信滿滿，主要是全能管家歸他所有之後，他感覺一切盡在掌控之中，不像以前時刻擔心中文上網外掛程式會被商深的電腦管理大師卸載。

現在電腦管理大師易主興潮網，商深新推出的七二四由於功能太多太過繁瑣的原因，不如電腦管理大師船小好調頭，想要及時跟上他，對中文上網外掛程式的代碼調整恐怕不會如電腦管理大師一樣得心應手。

再加上他現在全能管家在手，可以左手出拳右手接招，一切盡在自己的運籌帷幄之中，商深完全可以被拋到一邊了，等公司以一點二億美元的價格賣出後，他不管再做什麼，都會擁有一個讓商深仰視才見的高起點，從此，商深會被他深深地踩在腳下。

「商深的水軍出動了，快看！」

正當葉十三沉浸在即將到來的勝利之中沾沾自喜時，伊童的驚呼驚醒了他的美夢，他快步來到電腦前，在七二四和電腦管理大師頁面下面多了上百條評論。

「商大俠賣掉了電腦管理大師，電腦管理大師歸到興潮網的旗下，興潮網會重新定位電腦管理大師，電腦管理大師是不是繼續卸載惡意外掛程式包括中文上網外掛程式，已經和商大俠沒關係了，所以不要以電腦管理大師卸載不了中文上網外掛程式、上不了中文上網網站來攻擊商大俠。」

「商大俠新推出的七二四和電腦管理大師的定位不一樣，電腦管理大師是為電腦提供管理服務的軟體，而七二四是全方位為電腦提供管理、服務、監視和殺毒的全能型軟體，打個比方說，七二四就是電腦管理大師和全能管家的合體……所以七二四能不能卸載中文上網外掛程式不是衡量七二四是不是優秀的標準。」

「這話就不對了，七二四既然是全能型軟體，就必須提供可以卸載中文上網外掛程式的功能，否則就不算是全能。」

「其實這樣你來我往的也不是個辦法，商大俠的七二四就算再重新更新後可以卸載中文上網外掛程式了，但中文上網外掛程式隨後再改寫代碼，七二四又不能卸載了，這樣你追我趕，七二四不就永遠被中文上網外掛程式牽著鼻子走了？商大俠應該想一個一勞永逸的辦法才行。」

「哪裡有什麼一勞永逸的辦法？別異想天開了。」

「肯定有。」

「那你說是什麼辦法？」

「我如果能想到，我就是商大俠了，就不是菜鳥和loser了，還用聽你胡說八道?!」

「你才胡說八道！」

「……」

下面就吵了起來，亂成一團。

「商深的水準實在太有限了，請來的水軍也不專業，呵呵。」葉十三看過後，忍不住批評說：「本來是想掩飾自己的無能，反而暴露了自己的無能，還說要想出一個什麼一勞永逸的辦法，真是癡人說夢。對了衛衛，等一千萬美元到手後，我建議你從事實體經營，別再蹚互聯網的渾水了，互聯網不適合你。」

「實體？你有什麼好的建議？」

范衛衛早有轉行從事實體經營之心，葉十三的話正合她意。

「電子配件加工！等以後發展壯大了，成立一個製造集團也不是沒有可能。」

葉十三敏銳地感覺到在互聯網浪潮越來越洶湧的今天，為眾多電子設備提供配件的加工廠將會成為不可或缺的密集產業。從目前的形勢來看，各大品牌都在中國尋求代工，早晚中國會成為世界的製造工廠。此時加入，有望在以後成為舉足輕重的製造業龍頭。

「嗯，你的想法很有創意，值得深思。不過，得拿到了一千萬美元的資金才行。說來說去，你能不能賣到一點二億美元的高價，我能不能從中賺上一筆，還是要看你和商深的戰爭誰勝誰負。」

范衛衛儘管不願意承認，卻又不得不無奈地接受一個事實，互聯網的世界就是一個生態世界，表面上你我互不相干，但在無形之中，其實無時無刻不影響著對方。

她忽然靈光一閃，想到一個至關重要的問題，「別說，說不定你和商深的戰爭，還真有一個一勞永逸的辦法。」

「怎麼說？」葉十三被范衛衛突如其來的轉折嚇到，緊張地說：「你想到了什麼？」

「表面上看，你和商深是圍繞著中文上網外掛程式在較量，實際上你和商深爭奪的還是用戶，用戶就是市場。如果商深也開發一個上網外掛程式，在七二四的主頁可以直接連結指向別的網站，那麼他的軟體下載量越多，對

網站導入流量的威力就越大……」

「是呀，衛衛的想法很對。」伊童心中一驚，以前她總覺得軟體不如網站有用，不能收費的軟體下載量越大，越是賠錢，現在范衛衛的逆向思維瞬間點亮了她心中一直想不通的問題。

「難道說，商深一直在下一盤很大的棋？」

「你忘了當初電腦管理大師是怎樣崛起的嗎？」

葉十三也被點醒了，第一次覺得到底還是范衛衛更瞭解商深，原來商深早就暴露了思路，只不過他一直沒有察覺而已。

「電腦管理大師一開始並不太受歡迎，後來螞蟻搬家火了之後，商深在螞蟻搬家中以連結的方式推廣電腦管理大師，才帶動了電腦管理大師的下載。現在他有可能如法炮製。」

「快看，七二四上了興潮、索狸和絡容三家網站的首頁推薦了！」

伊音的驚呼又讓葉十三為之一驚，忙湊到電腦面前一看，果然，興潮、索狸和絡容三家網站在首頁醒目的位置同時力推七二四。

朋友多了好辦事，三大網站幾乎覆蓋國內網民百分之九十以上，同時推薦的力度之大，瞬間讓七二四的下載量暴增，短短幾分鐘就再次躍居同類軟體第一名的位置，將全能管家死死地壓在下面。

「電腦管理大師和螞蟻搬家都更新了。」伊童總算跟上了商深的思路，商深的動作循序漸進，環環相扣，「電腦管理大師和螞蟻搬家都增加了指向下載七二四的連結，不對，還多了一個宣傳網頁，什麼，商深也推出了一家上網網站？」

伊童臉色大變，忙不迭點開連結，網頁一閃，商深醞釀已久的一二三網站正式出現在伊童面前！

如果讓伊童知道剛剛上線的一二三網站，她是首批登錄的前一百名用戶，不知道她是該慶幸自己的幸運還是該無奈自己的不幸。

「七二四也更新了，也多了指向一二三的連結，商深是在交叉宣傳新網站，在為新網站造勢。七二四的推出估計只是虛晃一槍，他的真正殺招是一二三網站。」

范衛衛打開另一臺電腦，從七二四的介面點進了一二三網站，網頁點開的一瞬間，她有一種十分清新爽目的感覺。

沒錯，一二三的頁面十分清爽，就如一排排功能列表，讓人一目了然。功能列表前面有分類，分別是門戶網站、分類網站、專業網站以及綜合網站

等，每個分類下面都有各自的代表網站，比如門戶網站分類下面的前三名就是興潮網、索狸網和絡容網。

除了網站的羅列外，在頁面中間還有一個大大的搜索欄，搜索欄上面是一二三的理念：「一二三，三二一，輕鬆上網五六七。」

太方便了，范衛衛輕輕一點興潮網，連結打開後，興潮網的頁面就出現在眼前。她又返回一二三，想上雅虎，找到了雅虎，一點，也是輕鬆地就指向雅虎。只需要上一二三，幾乎所有的網站都在指點之間，不需要再記住英文網址，也不需要安裝中文上網外掛程式，各類網站一網打盡，一點即上。

快捷、迅速，一網在手，天下我有，商深真聰明，真厲害！范衛衛暗暗讚嘆，完全有理由相信，一二三推出就會大受歡迎，取代中文上網網站，只不過是時間問題。比起中文上網網站還需要借助外掛程式的笨拙手法，一二三的創意可謂高明了數倍。

大道至簡，上網的用戶都喜歡簡單方便的操作，沒有人喜歡麻煩。

葉十三和伊童目不轉睛地盯著一二三，在流覽過一二三的網頁並且理順了商深的思路之後，二人對視一眼，一臉灰白，瞬間如同被一盆從天而降的冰水澆了個全身濕透。

伊童雙手扶住桌子，身子不停顫抖，葉十三頹然坐到椅子上，頭上的汗水洶湧而出，後背也瞬間濕了一片。

商深的出手太狠了，不但狠，而且準，一招致命，一劍封喉。正值他和資方談判的緊要關頭，一二三的橫空出世，以更便捷的上網方式，以絕妙的創意成為中國互聯網的一個里程碑事件，中文上網網站的光芒在一二三的照耀之下黯然失色。

辦公室裡一共三個人，葉十三頹然，伊童漠然，范衛衛淡然，三個人心思各異，卻都是一言不發，房間內寂靜得嚇人。

空氣凝重得如同霧氣一般濕漉漉的沉重。

不知過了多久，葉十三打破沉默，猛然一拍桌子站了起來：「商深，你當頭一棒，背後一刀，太過分太沒人性了，我和你沒完！」

「找人滅了他！」伊童氣急敗壞之下，拿出電話就想利用暴力手段來對付商深。

「不要！」葉十三伸手阻止了伊童。

「你還護著他？一二三一上線，一點二億美元的希望破滅了不說，說不定資方會轉身去收購一二三而不是我們！商深直接斷了我們的財路，我要他一條腿算便宜了他！」

伊童一臉狠絕之色，目露凶光。

范衛衛被伊童猙獰的表情嚇了一跳，她從來沒有想過伊童會有如此嚇人的一面，居然想用暴力對付商深，這已經超過了她的底線。

還是葉十三理智，范衛衛暗中長舒了一口氣，她相信葉十三不會對商深動手，商業上的事，用商業手段解決才是正道，如果非要傷人性命的話就太過了，也觸犯了法律。

不料，讓范衛衛震驚的是，葉十三話題一轉，眼中閃過殺意：「我不是護著他，是不想讓你去做不該做的事。我們是正經的生意人，不會做犯法的事。」

伊童聽出了葉十三話裡有話：「你的意思是？」

「借刀殺人！」葉十三咬牙切齒地說道：「商深得罪的人很多，黃廣寬、黃漢如果對他出手，足夠他喝一壺了。」

「可是，怎樣才能讓黃廣寬對商深出手呢？」伊童恨不得立即殺了商深，以解心頭之恨。

葉十三冷笑一聲：「不要急，這件事需要從長計議，現在的當務之急，是將一二三對中文上網網站的衝擊降到最低。」

此時夜幕已經降臨，窗外，黑暗籠罩了整個城市，遠遠近近的燈光閃爍不定，就如一個又一個不真實的夢境。

葉十三來到窗前，雙手叉腰，凝視窗外的夜景，半天才說：「伊童，你馬上聯繫資方，明天一早重啟談判。」

「會不會太急了？」伊童恢復了幾分理智，「我們主動提出談判的話，就失去先機，沒有討價還價的底氣了。」

「不會，我還有底牌。」葉十三肯定地說：「商深選擇在現在拋出一二三，顯然是有精心的預謀，如果我們再沒有動作的話，也許就會被他截胡了。你想想看，萬一我們千辛萬苦談判的成果，最後的勝利果實被商深摘走了，我們就成了整個互聯網業界的笑柄了。」

伊童想了想，覺得葉十三的說法雖然有幾分危言聳聽，但資方說不定真會轉移目標，去和商深談收購一二三的事。事不宜遲，伊童趕忙拿起電話。

幾分鐘後，伊童收起電話：「資方同意明天一早在公司碰面。」

「好。」葉十三點點頭，做出決定，「明天一早你和資方繼續談判，我和畢京一起去見商深。」

「我也去。」范衛衛也想加入，即使不介入到葉十三和商深的大戰之中，能近距離目睹一場世紀大戰，也是人生幸事。

一二三網站在電腦管理大師、螞蟻搬家和七二四的交叉推薦下，才推出十幾個小時，經過一個晚上的醞釀，第二天一早流量就達到了第一個高峰。

商深的後臺資料顯示，一二三線上的用戶數量高達十幾萬。作為一家剛上線還不到廿四小時的網站，這樣的數據完全可以用逆天來形容。

才一到公司，商深的電話就不斷，馬朵、馬化龍、張向西、王陽朝和向落的祝賀電話就打了進來，和他們一一寒暄過後，才消停一會兒，歷隊、文盛西的電話也打了進來。

歷隊很是興奮：「不錯，商深，你的交叉宣傳方法太有效了，當然啦，也是一二三的創意和實用性征服了用戶。不過我擔憂葉十三會不會找你麻煩啊？」

「呵呵，肯定會，我已經接到他的電話了，他半個小時後到。自從公司成立後，他還是第一次到我的公司和我面談。不過隨他去吧，商業上的競爭本來就是商業行為，無關個人恩怨，他怎麼想是他的事。」商深倒是看得開，「其實從另一個角度來看，一二三的上線未必會對中文上網網站的出售帶來負面影響，合理正常的競爭機制，更會促進同類網站積極向上的發展。有競爭才有危機感，有危機才有動力。再說，一二三的思路和中文上網網站的思路並不一樣，葉十三再不滿，也不能指責我抄襲或是故意針對他。」

歷隊感慨地嘆息一聲：「你現在有如扶搖直上的大鵬，天地越來越廣闊了，而我還困在公司裡，也不知道什麼時候才能擁有自己的一方天地啊。」

「時機到了，歷哥也肯定會一飛沖天的，我商深的朋友，沒有無能之輩。」商深哈哈大笑。

文盛西在向商深表示祝賀的同時，也大有感觸：「我現在的夢想是開幾十家連鎖店，成為國內最大的電子數位產品銷售商。不過我心中也有互聯網夢想，如果有一天我也開始涉足電商了，你可要幫我一把，不要袖手旁觀。」

和文盛西通話完，代俊偉的越洋電話也打了過來。

「商深，一二三的思路很不錯，給了我很多啟發，祝一二三前程似錦。一二三越成功，我以後千度成功的可能性就會越大。」

之前代俊偉有意命名他的搜尋引擎為「千方」，取千方百計之意，後來

商深提議，辛棄疾的《青玉案》：「眾裡尋他千百度。驀然回首，那人卻在，燈火闌珊處……」不如取千百度之意，取名為「千度」。

代俊偉接受了商深的建議，正式將未來的搜尋引擎命名為「千度」。

千度的思路雖然和一二三不盡相同，但一二三的成功還是證明了搜索市場大有可為。如果說中文上網網站只是方便用戶上網的思路，那麼一二三則是整合了上網和搜索，將兩者合二為一，除了更方便用戶之外，還為用戶提供了搜索互聯網內容的便利。

「現在國內的互聯網如火如荼，進入了第一輪高潮，我迫不及待想要回國創業了。」代俊偉歸心似箭，奈何在美國的事情還沒有了結，只能等待最後的時機，「商深，希望你能做好前期工作，等我一回國，就全面開始我們的千度之旅。」

才放下電話，徐一莫敲門進來：「葉十三到了，不是一個人，還有畢京和范衛衛。」

商深微微一愣：「涵薇在嗎？」

「不在，她一早就和藍襪出去了，應該是談融資事情了。」徐一莫猜到了商深的想法，悄然一笑，「我和毛毛作陪。」

會談安排在公司的會客室。商深坐在主位，淡定從容，身邊一左一右坐著徐一莫和毛小小。葉十三坐在長桌子的另一頭，他的左右坐著畢京和范衛衛。六人呈三三相對之勢。

「剛到的明前龍井（編按：明前茶是用清明之前採摘的嫩芽炒製的，是西湖龍井的最上品，因它的嫩芽像蓮子的芯，也被稱為蓮心。）味道不錯，十三，你嘗嘗。」商深微笑示意葉十三喝茶。

葉十三不慌不忙地端起茶杯，品了一口，笑說：「茶是明前茶不錯，不過不是正宗的龍井。明前茶顏色是淡黃的，有點像剛出芽的嫩草顏色，手工炒製的龍井茶在沖泡時，茶葉會分成上下二層，嫩芽會在玻璃杯中間上下跳舞，很是美妙。正宗的龍井茶有特殊的香味，與一般的綠茶不同，一般不太區分的出來。正宗龍井茶的清香特別悠揚，不濃不淡，不豔不俗……你的龍井不但過於濃了，還有幾分豔俗，也不知道是哪裡買到的次品或是仿冒品。」

商深聽出來葉十三是借茶喻事，暗諷他的一二三是抄襲和模仿中文上網網站。

「如果不是你的口感有問題，就是你的人心有問題，明明是最正宗的西

湖龍井，你卻偏偏說不是，葉總，做人不能睜著眼睛說瞎話吧？」徐一莫不等商深說話，搶先反駁了葉十三，「也許是葉總以前沒有喝過真正正宗的西湖龍井，現在喝到正宗的，反而當成假冒的，真是可憐可悲。」

畢京坐在葉十三的左首，目光平靜地盯著商深，他雙手握拳放在桌子上，微露的青筋顯示出他的手在暗暗用力，說明他雖然表面上平靜，內心正在湧動暗潮。

在來的路上，畢京才知道商深推出一二三網站的事，他覺得商深太過無恥，行事手法太陰險，讓他對商深痛恨到極點。在車上，他告訴葉十三，如果需要他出馬，他絕對義不容辭。葉十三卻只是淡淡地說只需要他陪他會一會商深即可。

此刻，商深坐在對面，范衛衛坐在葉十三的右邊，畢京心中不禁百感交集。現在他和范衛衛是同一陣營，卻沒有同仇敵愾的士氣，相反，感覺如同隔了千山萬水的距離。

畢京看了范衛衛一眼，范衛衛一臉淡然，目光平視，彷彿對面的商深只是商業上的對手一樣，他心裡稍微平衡了幾分。總有一天，他會成功贏得范衛衛的芳心，讓范衛衛投入他的懷抱。

但現在，他想和范衛衛有足夠的理由在一起，就需要葉十三的中文上網網站順利售出。而商深的一二三卻是中文上網網站的攔路虎，如果沒有商深的節外生枝，說不定他已經和范衛衛坐在一起談論合作事宜了。

商深！畢京暗中咬牙，為什麼商深總是成為他的絆腳石？總有一天，他要讓商深不再是他的惡夢，而他，要成為商深的惡夢。

第九章

石破天驚

商深搖頭笑笑，說時機還沒到，時機一到，一切都會迎刃而解。

對商深的話，崔涵薇和藍襪雖然不會全盤懷疑，

卻只信了一半，王松也信了大半，在他眼中，商深是個深藏不露的高手，

不出手則已，一出必定石破天驚。

「我不懂龍井？笑話。」葉十三輕笑一聲，語氣中透露出輕蔑之意，雖然他故作高深，但實際上他還真沒有喝過多少好茶。出身貧寒的他，才發跡不久，在茶道上的浸淫時間還短，不足以分辨出真正的好茶壞茶。

「還真是笑話！」

毛小小開口了，和她弱不禁風的樣子很相配的是，她的聲音也十分柔弱，不過卻有不容置疑的堅定。

「我從小在杭州長大，家門口就有龍井茶園，從小喝龍井茶長大，對好壞的分辨能力不比真正的茶農差多少，因為，我爸媽就是茶農。商總的龍井，是我從家裡帶來的特級龍井，不但正宗，而且還是不施打農藥的明前龍井。」

毛小小的聲音不大，卻如一記響亮的耳光直接打在葉十三的臉上，葉十三無比尷尬，自嘲地笑笑說：「龍井正宗不正宗，各花入各眼，但一二三模仿中文上網網站，卻是有目共睹的事實。」

「一二三模仿中文上網網站？」商深發話了，「十三，你說的模仿是指頁面風格、搜尋引擎的演算法、功能表式分類網址，還是說作為上網中轉站的思路？」

「你……」

商深的話很專業而且針對性極強，一招就破解了葉十三咄咄逼人的攻勢，葉十三必須承認，一二三的思路雖然和中文上網網站的思路有重疊之處，但嚴格來說，一二三並沒有模仿中文上網網站的痕跡，從一二三推出之後眾多用戶的反應來看，也幾乎無人認為一二三是在跟隨中文上網網站的腳步。

「行了，十三，你不要再糾纏這些枝微末節的小事了，無謂地浪費時間，直接說明來意吧。」商深點了點頭，示意葉十三開門見山。

「商深，我們是多年的朋友了，在我和資方談判的關鍵時候，你突然拋出一二三，是想置我於死地還是想引起資方的注意好截胡？」葉十三直接說到重點。

「都不是，你想多了。」商深淡淡地說道，「就像我當初推出電腦管理大師一樣，就是認為市場成熟了，前期工作也準備充足了，就適時推出了，和你與資方的談判無關。商業上的事情，不要總牽涉到個人恩怨上來，誰也不會拿個人恩怨和商業大計來當賭約，個人恩怨輸了也只是輸了個人，商業大計如果輸了，就是輸了全域。」

「話說得漂亮，橫插一手的手法也做得漂亮。」范衛衛冷哼一聲，「商總，你不要總說漂亮話，敢不敢做出保證，如果資方非要出資收購你的一二三網站，你會堅決地拒絕？」

「我為什麼要向你做出保證？」

商深反駁范衛衛，見范衛衛臉色陡然一變，又說：「我只向市場保證，只對公司的董事會負責。不過從正常的商業角度考慮，一二三剛上線，就算對方肯出到一億美元的價格，你覺得我會賣嗎？」

一句話讓范衛衛瞬間清醒了，是呀，才上線一天的網站，就算有人想買，商深也不會賣，來日方長，估值會隨著時間的推移呈幾何級提升，商深又不傻，為什麼非要現在賣一個低價而不等未來的高價？

不過話又說回來，一二三對中文上網網站的衝擊肯定有，她冷笑一聲說：「就算你不賣，也會影響到葉十三中文上網網站的估值，你不覺得這樣做很對不起他嗎？」

商深心寒無比，儘管他和范衛衛早就不再是戀人關係，但當面聽到范衛衛說出他對不起葉十三的話還是難免心傷。范衛衛坐在葉十三的身邊，和畢京一左一右拱衛葉十三，儼然是葉十三的隨從，以她的驕傲居然甘願成為葉十三的附庸，她的自尊哪裡去了？

「商總早就說過了，對事不對人，范總，你之前推出全能管家的時候，有沒有考慮過商深的感受？你不覺得你這樣做很對不起商深嗎？」

徐一莫反唇相譏，抓住了范衛衛的痛處。

「我是對事不對人。」范衛衛微有幾分心虛。

「商總也是對事不對人。」徐一莫回道，「所以說，己所不欲勿施於人。不要動不動就覺得別人對不起你，在你指責別人之前，不如先想想自己有沒有做過什麼不道德的事情。」

「不道德？」范衛衛不以為然地笑了，「商業的事情只能從法律和規範的角度來評價，不能從道德層面來評說。如果按照道德的約束，在古人眼前，商人都是唯利是圖的小人。」

「別扯遠了。」葉十三不願意看見范衛衛和徐一莫做無謂的爭論，忙將話題重新拉回正軌，「商深，不管你有沒有故意針對中文上網網站的用意，一二三的上線，確實為中文上網網站的出售帶來了困擾，你有沒有一個兩全其美的解決方法？」

「你的中文上網網站出售遇到了問題，來找商深解決，你賣出高價會分商深紅利嗎？」徐一莫對葉十三的質疑嗤之以鼻，「有問題了，就來讓商深解決；賺錢了，就裝進自己的腰包，葉十三，你算得也太精明了吧？」

葉十三打量了徐一莫一眼：「一莫，你是商深的什麼人，有資格代表他說話嗎？」

「我不是他什麼人，但我剛才的話就代表了他的意思。」徐一莫寸步不讓，直視葉十三的雙眼，「這麼說吧，葉十三，兩全其美的方法也有，只要你肯出錢，一切都好說。如果你拿出你額外收益的百分之五十，我想商總看在曾經的情誼上，還是願意助你一臂之力。」

「呵呵，一莫，言重了。」商深打斷徐一莫的話，「十三，你到底是什麼想法，明說吧。」

葉十三沉默片刻，目光望向窗外，忽然想起了從前。小時候，每年春天他總是會和商深一起在驚蟄過後的田野裡肆意地奔跑，歡笑聲響徹天地，貫穿了整個童年。

「唉……」葉十三心底冒出一聲長長的嘆息，他重新收拾了心情，努力笑笑說：「其實從另一個角度來想，有競爭反而是好事。中文上網網站推出後，類似的網站也冒出不少，但沒有一家對中文上網網站帶來實質性威脅，大部分都是曇花一現就死了。正是因此，才讓中文上網網站以為放眼天下沒有對手，慢慢就固步自封了。一二三的問世，是對中文上網網站的激勵和鞭策，相信一二三會有一個無限可能的明天。」

商深不說話，靜聽葉十三的後話。

「如果一二三和中文上網網站良性競爭，你我井水不犯河水，相信會是雙贏的局面。」

商深明白了葉十三的擔心所在，葉十三非常清楚，其實一二三網站和中文上網網站雖然同為提供便捷上網方式的網站，但二者的途徑並不相同，一二三網站是功能列表式的網站，只需要登錄網站，以網站作為中轉，就可以中轉到任何一家網站，相當於是一個可以出發去任何一座城市的月臺。

而中文上網網站本身並不提供上網中轉，只為登錄中文上網網站的用戶安裝外掛程式，然後通過外掛程式可以直接在流覽器的位址欄中輸入中文上網，等同於一個售票窗口。

從方便的程度來說，當然是一二三更符合用戶的使用習慣。

但從另一個角度來說，中文上網網站也完全可以借鑒一二三的思路，重新設計中文上網網站的頁面，同樣提供功能列表式的上網方式。如此，中文上網網站就可以分流一二三的用戶。

但商深手中的七二四對中文上網外掛程式又是一個強有力的制約，商深就知道，葉十三是想達成一個平衡，各行其是，各走各路。

「中文上網網站不會和一二三一樣提供功能列表式的上網方式，會繼續推廣中文上網外掛程式，如果七二四也不再繼續卸載中文上網外掛程式，你走你的陽關道，我走我的獨木橋，豈不是兩全其美？」葉十三說出了他的真實想法，「商深，你覺得呢？」

「怎麼說呢，」毛小小又出人意料地插話了，「一二三上線後，很快就會有一批跟風模仿者，中國從來不缺少跟隨者，而是缺少開拓者。這麼說吧，即使中文上網網站承諾不會模仿一二三的列表式上網方式，也會有許多模仿者出現。葉總的承諾對一二三來說意義不大。一二三在上線之後，就已經想到了可能面臨的跟風模仿潮的問題。」

毛小小聲音微帶幾分沙啞，所有人都目不轉睛地盯著她，聽她繼續說下去。

「一二三不怕模仿，模仿只能證明一二三作為開拓者的成功。但中文上網外掛程式卻怕卸載，卸載就意味著失去用戶和市場。葉總的提議只對自己有利，對商總來說，並沒有太大意義。」毛小小燦然一笑，「不好意思，見笑了。」

葉十三驚訝地瞪大了眼睛。瘦弱的毛小小坐在商深右邊，葉十三當她不存在一樣，以為她是商深臨時拉來湊數的配角，沒想到毛小小語出驚人，一語道破了他沒有資格和商深討價還價的尷尬處境！

葉十三在難堪之餘，也不得不對毛小小刮目相看。

「你的意思是，商深不必理會我的提議了？」

葉十三有幾分惱羞成怒，如果剛才的話是商深親口說出，他還不覺得什麼，偏偏是一個弱不禁風的小女孩，他有一種被無名小輩羞辱的憤慨。

「商深，你說句話。」

商深笑了笑，喝了口茶，起身打開窗戶。窗外的空氣吹了進來，清涼、清新，又帶有潮濕的味道。

「快下雨了。」商深說道：「上善若水，水善利萬物而不爭，處眾人之所惡，故幾於道。居善地，心善淵，與善仁，言善信，正善治，事善能，動善時。夫唯不爭，故無尤……十三，你今天過來，本來就是多此一舉。」

葉十三臉色微微一變：「什麼意思？」

「沒什麼。」商深淡淡地一笑，「今天就到這裡吧。」

「……」

葉十三一頭霧水，商深怎麼突然送客了，難道他連談判的耐心都沒有？又一想，明白了商深的意思，點點頭，站了起來，「再見。」

商深送葉十三一行到了樓下，和葉十三握了握手，又和范衛衛握手。范衛衛欲言又止，有許多話想說個清楚，又覺得無從說起，或者說了也是無趣，便只是衝商深點了點頭，轉身上車了。

商深又和畢京握手。

「商深……」畢京一臉堅決，「從現在開始，我會拿出所有的誠意追求范衛衛。」

商深心如止水：「祝你成功。」

「如果有一天我和范衛衛結婚，我會邀請你參加。」畢京繼續刺激商深。

商深依然面色不改：「我會備一份厚禮。」

上車後，范衛衛終於按捺不住心裡的好奇，問了出來：

「十三，你和商深打的是什麼啞謎？」

葉十三搖搖頭，無奈地一笑：「商深對我說，我目光太短淺了，他的志向不在於此，才不會和我在小盤裡子裡面爭食，他有更長遠的目標。」

「難道他想納斯達克上市？」范衛衛不無嘲諷地說：「太異想天開了吧？當然了，如果真的納斯達克上市的話，市值會翻二十多倍，商深一夜之間就會坐擁十億美元以上。」

「說實話，我還真琢磨不透商深的真實想法，他的想法很奇怪，似乎既不想走融資之路——到目前為止，他的公司還沒有過融資行為，雖然也有不少資方想要投資他們——也不想走上市之路，到底他想走怎樣的一條道路，也許只有他自己清楚。」葉十三目光深沉地望向車窗外，「也許他太想與眾不同了，所以才想另闢蹊徑。」

「這個世界上總有一些人覺得自己與眾不同，其實他們不知道的是，他們也不過是芸芸眾生之中最普通的一個。」畢京嘿嘿一笑，「歷史證明，想要另闢蹊徑的人，基本上都沒有什麼好下場，等著看商深的笑話吧。」

「這麼說，商深不會阻撓你的中文上網網站賣給雅虎了？」范衛衛問。

「不會。」葉十三苦笑道，「商深說我多此一舉，言外之意就是說，我想多了，他的一二三網站不是針對中文上網網站，也不會成為我們和雅虎之

間談判的絆腳石。如果雅虎有意收購他們，他們也會拒絕。」

「商深有這麼高尚？」范衛衛不太相信。

「虛偽！」畢京冷冷一笑。

「商深也不是高尚，只不過他志不在此罷了。」葉十三想了想，說：「商深和我們走的不是同一條路，就算有競爭，也不是會你死我活的競爭。」

「你怎麼替商深開脫了？」

畢京對葉十三的話既不解又有幾分生氣。

「我不是替他開脫，我只是實話實說罷了。」葉十三衝畢京笑了笑，「當然啦，對商深的話，還要聽其言觀其行。」

「那我們接下來怎麼辦？」范衛衛問，一千萬美元不是小數目，她也急於想證明自己，如果有一千萬美元在手，她就可以在爸爸面前揚眉吐氣了。

「按部就班。」

葉十三心中一動，既然范衛衛着急，他索性再向前推動一把，「不過我有一個條件，衛衛，你答應了，等我和雅虎的談判成功，一千萬美元才會匯到你的帳上。」

「什麼條件？」

「一千萬美元到手後，你要去從事實體經營，而且必須和畢京聯手。」

「為什麼？」

范衛衛眨動一雙好看的大眼睛，似乎聽不懂葉十三話裡隱含的機鋒一樣。

「成人之美。」葉十三哈哈一笑。

「如果條件合適，又是我感興趣的實業，我當然樂意和畢京合作。」范衛衛嫣然一笑。

「非常期待和范總合作的一天。」畢京趁機向范衛衛伸出了熱情之手。

「我也是。」范衛衛握住畢京的手。

春去秋天，花謝花開。林花謝了春紅，春花敗了，秋花再開。人事輪迴，世事滄桑，不過是季節變化中的一抹泛黃的色彩罷了。

秋天的北京是北京一年之中最好的季節，秋高氣爽，天高雲淡，伴隨著第一場秋雨到來的，還有盛傳已久的中文上網網站被收購事宜。

經過幾個月艱苦卓絕的談判，再加上全能管家和中文上網外掛程式大戰引發的關注度，最終中文上網網站以一點二億美元的高價出售，收購方正是業內紛紛傳聞的雅虎。

收購中文上網網站，是為雅虎進軍中國之前先行埋下的第一塊基石。

在談判期間，外界傳聞雅虎曾經接觸過新興的一二三。原來雅虎方面的算盤是借和一二三談判來打壓中文上網網站的報價，結果出人意料的是，一二三一口回絕了雅虎的收購提議，而且還是沒有迴旋餘地的回絕。

在得知一二三無意被收購之後，中文上網網站更是咬定了一點二億美元不肯讓步的價格。資方或許覺得要價過高，以退出談判相威脅，中文上網網站卻依然堅持。

在僵持了幾個月後，資方終於還是妥協了，最終答應了中文上網網站一點二億美元的要價，因為中文上網網站在談判期間，不但和全能管家數次白熱化的較量引發了大規模的討論，同時也風聲大起，讓中文上網網站的知名度上升到了一個前所未有的高度。

知名度越高，估值就越高，最後資方只能接受了葉十三的報價。但同時也提出了一個條件，收購之後的眾合公司，繼續由葉十三擔任總經理，並且保持原管理團隊，以保證中文上網網站的順利過渡和延續。

葉十三答應了條件。

伊童不再擔任董事長，葉十三就拿出一部分資金，讓她和范衛衛一起聯合畢京，擴建了收購的崔涵柏的工廠，三人聯手成立「未來製造」，期望在三年之後發展成為集團公司，五年內上市。

在葉十三的推動下，畢京終於得到和范衛衛合作的機會，他信心十足，認為他一定可以在以後頻繁的接觸中，用他的真誠和真心打動范衛衛。

葉十三、伊童、畢京和范衛衛完成了創業第一階段的轉折，都步入了創業的升級階段，然而在葉十三等各自找到更好更高的位置的同時，商深卻陷入了困境之中。

商深的困境來自兩個方面，一是事業，二是生活中的私事雜事。

事業上的困境是七二四和一二三發展的停頓。

七二四在推出後，先是火爆了一陣子，然後就停滯不前了。主要是中文上網網站和全能管家的大戰，讓用戶的注意力都轉移了，七二四由於缺少讓人眼前一亮的亮點，就漸漸被人遺忘了。

一二三的發展也不盡人意。剛推出之際，一二三勢頭很猛，大有超越中文上網網站之勢，但在最初的衝勁過後，由於中文上網網站風頭太盛的緣故，一二三被壓制得抬不起頭。再加上中文上網網站被高價出售，一時成為業內美談，所有的新聞和所有的視線都落在中文上網網站之上，一二三在盛

大的光芒之下，微弱的星光完全隱沒不見了。

對此，崔涵薇和藍襪憂心忡忡，王松也是每天愁眉不展，苦思破局之計。但讓人奇怪的是，商深卻一點也不焦慮，每天都樂呵呵的樣子，笑得沒心沒肺，似乎還很開心。

藍襪問他有什麼辦法可以改變現狀，他說不要急，慢慢來。崔涵薇說，不能總這樣等下去，得推廣七二四和一二三，商深搖頭笑笑，說時機還沒到，時機一到，一切都會迎刃而解。

對商深的話，崔涵薇和藍襪雖然不會全盤懷疑，卻也只信了一半，王松也信了大半，在他眼中，商深就是一個深藏不露的高手，不出手則已，一出必定石破天驚。

在商深事業不順的同時，馬朵和馬化龍的事業倒是都迎來了新的開始和轉機。

九月，回到杭州的馬朵聯合十幾名創始人，正式成立了「芝麻開門」。成立之際，商深專程去了一趟杭州，當面向馬朵表示了祝賀，同時和馬朵簽署了保密的合作協議。協議的具體內容是什麼，除了馬朵和商深之外，再也沒有第三個人知道，包括崔涵微、藍襪和徐一莫也不知其詳。

僅僅在成立一個月之後，芝麻開門就從數家投資機構融資五百萬美元，從此，芝麻開門的發展進入了快車道，展現在馬朵面前的，是一馬平川的大道。

隨後，在商深的引薦下，馬朵和安本山藏私下見了一面，安本山藏對芝麻開門的前景十分看好，回到日本後就向安義正彙報此事，安義正當即表示有意和馬朵會談。

很快，安義正就和馬朵約定見面時間。二人見面後，只談了不到十分鐘，安義正就當場拍板決定向芝麻開門投資兩千萬美元。

有了安義正的融資，芝麻開門在剛剛成立幾個月之際，就邁出了成功的第一步。

和馬朵發展順利一樣的是，馬化龍在度過最初的資金危機之後，終於迎來事業上一個重大的轉捩點！

在無數次碰壁，甚至產生過要賣掉ＯＩＣＱ的念頭後，馬化龍經人介紹認識了香港的一個風投，對方在得知他的困境後，又瞭解了ＯＩＣＱ迅猛發展的勢頭，決定向企鵝公司投資兩百萬美元。

雖然和馬朵兩次超過兩千五百萬美元的巨額融資相比，兩百萬美元不算

是大數目，但對馬化龍來說卻是雪中送炭。在和對方簽署了協議之後，馬化龍立即購買了數臺ＩＢＭ伺服器。

當數臺嶄新的ＩＢＭ伺服器擺放在辦公室時，馬化龍和王向西相視一眼，都露出了欣慰的笑容。笑容之中，又有感慨的淚水。彷彿做夢一般，公司眼見就要山窮水盡之際，卻又柳暗花明。

在馬化龍的邀請下，商深專程飛了趟深圳，慶賀企鵝公司絕處逢生的重大轉折。

不過在得到資金後，馬化龍也有麻煩纏身，美國線上正式發來律師函，要求企鵝公司停用ＯＩＣＱ的名稱，聲稱ＯＩＣＱ侵犯了ＩＣＱ的權利。本來之前美國線上就向企鵝公司提出過抗議，當時馬化龍忙於融資，無暇理會。

現在美國線上發來的是正式的律師函，聲稱如果企鵝再不停用ＩＣＱ的名稱，將會付諸法律解決。現階段國內的智慧產權保護本來就是空白，馬化龍的版權意識不夠強烈，也沒當一回事。結果就真出事了。

就在商深趕到深圳的當天，美國線上向美國有關部門提交了企鵝侵犯的報告，結果美國有關部門大手一揮，一切以美國人民的利益為最大出發點，當下就關閉了ＯＩＣＱ的網站。

ＯＩＣＱ推出之後，相應的也推出了ＯＩＣＱ的國際功能變數名稱，但所有的功能變數名稱解析伺服器都在美國，也就是說，不管你是國家級的網站還是個人的網站，想要打開你的主頁，都得解析到美國，在美國的伺服器上繞一圈才能實現。換句話說，美國想關閉誰的網站就可以隨時關閉，只要停止了功能變數名稱的定向解析就行。

美國單方面停止了ＯＩＣＱ的功能變數名稱解析，ＯＩＣＱ的網站就無法打開了，事情就上升到了十分緊急的高度。

怎麼辦？只有改名一條路了。馬化龍心急如焚。

商深坐在馬化龍對面的沙發上，微微沉思片刻，忽然笑了：「馬哥，其實你應該慶幸現在被美國線上起訴。」

「怎麼講？」馬化龍卻笑不出來。

「如果等ＯＩＣＱ的註冊用戶突破了一千萬時，美國線上再起訴你的話，你必須改名，到時損失就大了。現在改名一切還來得及。」

商深對ＯＩＣＱ的前景非常看好，他很關心ＯＩＣＱ的發展，並不是為了他在企鵝公司的股份，而是為了中國人能夠擁有自己的網路即時通訊軟

體，因為商深越來越意識到，隨著互聯網的普及，網路安全問題也會日益突出。

核心技術以及普及量最大的軟體，還是掌握在自己手中比較好。因為一旦ＯＩＣＱ的註冊用戶達到了千萬級以上，將會成為一個恐怖的存在，是一個擁有無比巨大影響力的宣傳工具，就和一份發行量高達千萬的報紙一樣，可以在短短時間內將消息推送到每一個用戶的眼前。

「這麼一說也有道理。」馬化龍笑了，更加覺得商深可愛了，主要也是商深總能找到一個不同的切入點，讓不利的事情變得有利，隨即問道：「你覺得改一個什麼名字好？」

「嗯……」商深微一沉吟，「ＯＩＣＱ的圖示是一個可愛的企鵝，不過就是稍微瘦了一些，如果再胖一些會顯得更可愛。註冊公司也叫企鵝，不如索性就叫企鵝算了。」

「企鵝？」馬化龍看向了王向西，「向西，你的意思是？」

「企鵝不錯，既好記，又是大眾都可以接受的動物，就叫企鵝好了。」

王向西朝商深投去讚許的目光，「我立刻重新註冊新的名稱，爭取廿四小時內重新上線。現在ＯＩＣＱ，不，企鵝的註冊用戶正在迅速上升，如果網站超過廿四小時無法登錄，就會給外界造成誤判。」

「現在已經開始要發放七位數的用戶號了，競爭對手ＣＩＣＱ、ＰＩＣＱ和網際精靈都被企鵝遠遠地甩在了身後。」

馬化龍解決侵權和改名的難題之後，又恢復了意氣風發，「想起當初尋求投資的經歷，正是一段不堪回首的過去。」

在最窮的時候，企鵝的帳面上只剩下一萬塊，要想解決資金問題，只有兩個辦法，一是增資減薪，二是把企鵝賣掉。

經過商議，包括馬化龍在內的股東們一致同意把股本從五十萬增加到一百萬，但大家工作都沒幾年，沒有多少積蓄，但是都咬著牙再次投入。幾個創始人的月薪也攔腰減半，在過去的一年裡，馬化龍和王向西每個月只領五千元的月薪，其他人為兩千五，現在分別減少到兩千五百元和一千兩百五十元。這在深圳，只夠勉強填飽肚子而已。

相比增資減薪，把公司賣掉也許是一個更快更好的辦法。馬化龍的開價是三百萬元，但沒有人意識到企鵝以後巨大的價值，起碼有六家以上公司拒絕購買企鵝公司的股份。

在馬化龍尋求的第一批投資人中，就包括企鵝公司的房東——深圳賽格集團。但賽格電子方面回答馬化龍，你這個小小的線上通訊軟體，註冊使用者再多，問題是，怎麼盈利？在怎麼也看不到盈利點的情形之下，賽格電子拒絕了馬化龍。

馬化龍還找到了廣東電信，廣東電信認可OICQ也許是一個看上去增長很快的項目，會有很廣闊的用戶基數，然而，全世界沒有一個人知道它怎麼賺錢。不能賺錢的項目，用戶基數再大又有何用？廣東電信也拒絕了馬化龍。

馬化龍在北京尋找投資的時候，認識了中北傳呼集團一個電腦專業出身的工程師，他向工程師推薦了OICQ，並且教會了工程師怎麼使用。工程師一見之下，驚呼OICQ會是一個巨大的市場機會，急忙向集團領導推薦了OICQ，但集團領導聽完他的彙報之後，十分嚴肅地說了一句：「你的笑話一點兒也不好笑。」

幾乎所有接待過馬化龍或王向西的企業都有過同樣的看法：不理解企鵝技術和無形資產的價值，看不到OICQ賺錢的可能，找不到OICQ未來的盈利點，甚至有一家企業則提出只能按企鵝有多少臺電腦、多少個桌椅板凳等固定資產來核算，對無形資產部分，開出的價格則是零！

接觸的數家公司之中，對企鵝的估值最多的也只出到了六十萬元，馬化龍回憶往事時，動情地說：「賣企鵝的時候，我的心情非常複雜和沮喪，一連談了四五家，都沒有達到我們預計的底線。後來向西建議我向銀行借款，我讓他去試一試。結果他到了銀行，你猜遇到了什麼事情？」

王向西微微流露出自嘲的笑容，接過了話頭：「銀行問我有什麼可以抵押的固定資產，我說，有電腦；再問，電腦是新的還是舊的。我說，舊的。銀行笑著擺擺手說，您走錯門了。」

商深也笑了，笑容中既有無奈又有苦澀，不管是之前的興潮、索狸還是絡容，或是現在的中文上網網站和芝麻開門，資方都是外資，興潮和索狸啟動資金都來自美國，絡容的第一筆融資也是美元，而芝麻開門到目前為止的最大一筆融資是來日本的安義正，為什麼國內的資本，不管是國企還是民營，不管是銀行還是私募，都無人投資互聯網行業？是眼光問題還是別的原因？

商深一時感慨萬千，有時真的不能怪中國的互聯網公司被外資控股，在最艱難的時期，都是外商的投資協助創業中的中國互聯網公司走出了困境，在資本為王的時代，誰投資誰就有發言權，誰投資多誰就控股。

「在實在走投無路的情況下，我們只好向身邊的熟人借錢，整個深圳認識的人幾乎被我們借遍了。最後好不容易從兩個有錢的朋友手中分別借到了五十萬和二十萬，我試探著問，以後能不能用企鵝的股份還債，其中一個委婉地表示拒絕，雖然沒有明說，言外之意還是覺得企鵝的股票不值錢。另一個一聽要用股份還錢就急了，慷慨激昂地說，你真的沒錢了不還也行，不過我不要你的股票。」王向西搖頭苦笑，「商深，企鵝的股票就這麼不值錢嗎？」

「我什麼時候提過讓你們還我錢了？」商深呵呵一笑，「我向來只要股份不要現金。」

「哈哈。」馬化龍被商深的幽默逗笑了，「多少次在覺得完全沒有希望時，我們想乾脆放手算了。向西說，不能放手，雖然有很多人不看好我們的前景，但有一個人一直在默默地支持我們，對我們從來只有付出不問回報，他就是商深。不管是資金上的幫助，還是技術上的資金，你從來沒有從企鵝拿過一分錢。商深，雖然在企鵝的創始人團隊中沒有你，但在我和向西的心中，你也是企鵝的創始人之一，而且還是最關鍵的核心人物之一。」

商深連連擺手：「馬哥太客氣了，也不要太誇我，不然我一興奮就會得意忘形的，哈哈。其實我也不是不求回報的人，只不過我比別人更有耐心而已。等什麼時候企鵝的市值到了千億人民幣的規模時，我手中持有的股份就是一筆巨額財富了。」

第十章

風險投資

「投資業界有一群瘋狂的人，
他們要的不是一家現在就賺錢的公司，而是未來能賺大錢的公司。
他們有眼光，有耐心，不追求眼前的利潤，而是通過上市或再出售，
在資本市場上去套利。他們就是Venture Capital，風險投資！」

「千億市值？」王向西不敢相信地笑了，「能夠順利上市我就知足了，千億市值，想都不敢想。」

「後來我和向西合計，之前我們尋求的投資都是從國企和國內資本身上下手，他們其實目光短視，都看不見未來，應該目光向外，去找一些更瘋狂的人……」

馬化龍繼續說企鵝的融資之路，比起馬朵的順利，他的經歷可謂坎坷多了。

「投資業界有一群瘋狂的人，他們要的不是一家現在就賺錢的公司，而是未來能賺大錢的公司。他們有眼光，有耐心，不追求眼前的利潤，而是通過上市或再出售，在資本市場上去套利。他們就是Venture Capital Inevstment，風險投資！」

「第一次聽到風險投資的名字時，我還不相信真有這樣的投資存在，他們是瘋子還是天使啊？在一個兩三年或是三五年可能完全看不到盈利的項目上砸上幾百甚至上千萬的投資，就是為了賭未來幾倍十幾倍的升值；賭贏了，利潤上百倍的回報，賭輸了，就是輸得一無所有。」馬化龍感嘆道：「不得不說，正是由於風投的存在，企鵝才度過了生存危機，基本上站穩了腳跟。」

「最後向企鵝注資的公司是哪家？」

商深到現在為止，還不清楚是誰幫企鵝度過了最艱難的危機。

「一共兩家公司，一家是美國公司，一家是香港公司。」馬化龍回道。

又是外資？商深微微感慨，為什麼國內的資本家集體缺席互聯網創業潮呢？或許正如馬化龍所說的，他們太短視，看不到未來。

「美國ＩＤＧ和香港盈科數位共同向企鵝注資兩百二十萬美金的風險投資，兩家公司各占企鵝百分之二十的股份——這是公司得以繼續生存發展的最重要一筆資金。」王向西也感慨頗深，「如果沒有ＩＤＧ和盈科數位的投資，企鵝也許就死掉了。」

「現在ＯＩＣＱ……不，企鵝的註冊用戶有多少了？」

商深相信經歷過這麼多坎坷和挫折之後，企鵝的發展一定會走上一條順水順風的陽光大道。

「也正是因為ＯＩＣＱ，對，企鵝推出之後，一直大受用戶歡迎，我們才不遺餘力地想經營下去。」說到註冊用戶數量，王向西的臉上流露出自信的笑容，「到年底，註冊用戶超過五百萬不成問題。」

「好厲害。」

商深驚呼出聲，到目前為止，中國的網民數量也不過六七百萬，企鵝的用戶就有五百萬之多，可見企鵝有多受歡迎。

「九九年是網吧爆發增長的一年，網吧的普及，也帶動了網民數量的幾何倍數增加。估計兩年後，企鵝的註冊用戶會超過兩千萬！」

商深的預測還是保守了些，一年後，企鵝的註冊用戶正式超過了四千萬！四千萬，倒退兩年前，這是任何一家互聯網公司都不敢想像的天文數字，因為在九八年的時候，所有網民加在一起才一百多萬。

互聯網世界就是一個創造奇蹟和神話的世界，商深儘管比別人更先一步看到了企鵝的成功，但還是低估了企鵝發展的勢頭到底會有多兇猛。

「對了，美國和香港的公司共同出資兩百二十萬美元入注企鵝，肯定是看好企鵝的未來，他們對未來企鵝的盈利點肯定有明確想法囉？」

商深問到了重點，許多國內資本家不肯向企鵝投資就是因為看不到它的盈利點，說實話，他對企鵝未來盈利的方向也是不甚明瞭。

「你怎麼看這個問題？」馬化龍有意考一考商深的商業頭腦，「如果是你執掌企鵝，你會從哪方面入手實現盈利？」

「用戶就是財富，用戶的數量就是財富的數量，這是圈內都知道的一個論點。但許多人不知道的是，用戶就是財富這句話沒錯，但用戶的數量就是財富的數量並不完全正確，免費用戶的數量能有多少轉化成付費用戶的數量，才是決定財富數量多少的關鍵。」

商深此話一出，馬化龍和王向西對視一眼，二人同時流露出驚訝之意，顯然，二人被商深的高論驚到了。

尤其是馬化龍，心中大起波瀾。

從他認識商深時開始，他就一直認為商深是個技術型人才，對程式設計有天分，剛才商深的一番高論讓馬化龍意識到，商深不但是個技術天才，還是一個投資高手，投資企鵝不說，還投資了芝麻開門、興潮、索狸等等，現在他又發現商深還是個市場分析大師。

確實，企鵝未來的盈利點就在免費用戶轉化為付費用戶的數量上。固然企鵝龐大的用戶數量是巨大的寶藏，但寶藏要開發出來才能變現。如何將免費的用戶轉化為付費用戶，是未來企鵝發展的一個重大難題。還是必須要克服的難題，一款軟體或是一家網站如果不能正常實現商業化，就只有死路一條。

「我覺得，企鵝已經度過了生存危機，接下來的發展還是要在用戶數量上面下功夫，暫時不要收費，先擴人用戶基數，等用戶數膨脹到一個天文數字之後再嘗試收費會好一些。當所有人都習慣了企鵝的存在，每天打開電腦的第一件事就是登錄企鵝，企鵝成為生活中不可少的一部分時再收費的話，會很容易被用戶接受。」

商深設想企鵝未來的遠景，「比如可以出售所謂的幸運號碼，或是專屬表情等等，只要用戶數量夠大，企鵝的盈利點其實很多。」

王向西連連點頭，大加稱讚：「怎麼樣，化龍，我早就說過商深肯定可以想到企鵝的盈利點，你還不信，現在信了吧？商深是誰，商深是業內最深藏不露的高手，是中國的羅斯柴爾德。」

商深哈哈大笑：「我現在連自己的七二四和一一三的難題都還沒有解決，怎麼就是深藏不露的高手了？還是中國的羅斯柴爾德呢，向西，如果我成不了中國的羅斯柴爾德，你賠我？」

「賠，一定賠。」王向西一拍商深的肩膀，「走，請你去威尼斯吃飯，感受一下故地重遊的美好。」

威尼斯？商深瞬間想起了第一次來深圳時住在威尼斯的情形，想起了被范長天和許施羞辱的往事，想起了和范衛衛分手的一幕，想起了在總統套房間時和崔涵薇、徐一莫的旖旎意外，一時心思浮沉，不知今日何日。

「怎麼了？」王向西一推商深，「是怕遇到故人還是想錦衣夜行？」

深圳不是他的故鄉，何況他現在也談不上功成名就，既不用衣錦還鄉也不必錦衣夜行，商深笑道：「去就去，誰怕誰。」

「就是，誰怕誰。」

王向西知道商深和范衛衛的往事，卻不知道商深在范長天面前受到了羞辱，只是想好好請請商深。

入夜後的威尼斯燈火輝煌，衣著光鮮的客人來往不絕。站在門口，目視來來往往的人群非富即貴，王超心中油然而生一種自豪感。

威尼斯門口仍是之前那四個迎賓員，兩男兩女，左右各一，個兒高的王超，矮的是馬寒，瘦一點的女孩叫張瓏，胖一點叫趙蝴。

自從三年前當上了威尼斯的迎賓員之後，王超每次回家都感覺比同齡人高上一等。在家鄉漁村，許多人一輩子都沒有走出過方圓不過幾里的小村，別說見識過大城市了，因而王超自認是村裡最見多識廣的一人。就連村長見

到他，也是無比客氣，向他問東問西的。別看他只是一個小小的迎賓員，每天迎來送往，見識的都是上等社會的上流人士！

今天酒店一如既往的人流如織，王超一邊觀察進去的客人。從客人的服裝、言談舉止分析客人的來歷、身分，是他平常的愛好。

不知為何，他忽然想起了范衛衛，趁著客人進出的空檔，他問馬寒：

「馬寒，你說范大小姐怎麼也不接手家族生意，非要跑北京發展？范董可就她一個女兒，她是唯一的繼承人。」

「聽說她是為了愛情才跑到北京的，對了，就是上次住我們酒店的商深。不過要我說，商深還真配不上范大小姐，他太窮了，除非他成為和馬朵一樣的互聯網精英。」

馬寒現在對互聯網也很關注，互聯網已經成為每個人的話題，誰如果不瞭解一點互聯網的行情，似乎跟別人就搭不上話了。

「算了吧，馬朵年紀太大，要我說，馬化龍才配得上范大小姐。」張瓏提出不同看法。

「馬化龍都結婚了，肯定不行。」趙蝴接過話題，「中國互聯網的精英中，單身、英俊又有錢的就只有一個人，就是葉十三。」

「葉十三？葉十三不是商深的發小嗎？他如果娶了范大小姐，商深的臉面就丟光了，哈哈。」王超哈哈大笑。

「按說范大小姐的眼光不會有錯，可是為什麼商深還是敗給了葉十三？」

王超對此很是不解，他對商深沒什麼好印象，卻對從未謀面的葉十三印象極好。

「你們還記得商深第一次來威尼斯的情形嗎？穿著一身白襯衣黑褲子，土得掉渣，明明沒見過什麼世面，卻要裝作一副什麼都見識過的跩樣，現在你們明白他為什麼打不過葉十三了吧？就是因為他做人做事太假了。」

「噓，不要說了，范董來了。」

馬寒眼尖，眼光一掃，發現范長天和許施一起正朝酒店大門走來，忙提醒王超等人，「趕緊站直了，不要給范董留下不好的印象。」

幾人嚇得立刻繃直了身子，向范長天和許施行注目禮。

范長天和許施並肩而行，許施穿著一身禮服，挽著范長天的胳膊，緩步上了臺階。由於保養得當的緣故，年過五旬的她顯得十分年輕，精緻的臉龐化了淡妝。只不過眼角的皺紋還是出賣了她的年齡，歲月的風霜是無論多麼

昂貴的化妝品都掩飾不了的痕跡。

范長天和許施目不斜視，並不多看王超等人一眼，對高高在上的他來說，王超不過是他帝國最下層的一員，完全沒有資格入得他的眼。他的目光只到酒店的高級管理層，就連中層的管理者也進入不了他的視線。

「沒聽說范董今天要來啊，難道今天有什麼重要的聚會？」

等范長天和許施的背影消失後，王超才敢說話，范長天和許施深身上散發的威勢和壓迫氣息，讓他連眼皮都不敢多抬一下。

「肯定是，沒有重要的聚會，范董怎麼可能親自露面？對了，我想起來了，今天有一個『實體經營發展論壇前瞻』的會議，范董肯定是作為特邀嘉賓來參加。」馬寒一拍腦袋，想了起來。

「如果范大小姐也在深圳，她今天也應該會和范董一起參加，可惜她在北京……」王超發表高論。

「咦，那個好好像是范大小姐……」張瓏手指朝遠處一指，「你們快看，是不是？」

幾人順著張瓏的手指望去，停車場中，一輛嶄新的白色寶馬車剛剛停穩，從車上下來一人，西裝革履，頭髮油光發亮，這人下車後，快步跑到副駕駛座，恭敬紳士地打開車門，微微彎腰，態度恭敬。

一名身著紅色禮服的女子，身材修長，香肩粉頸，從車上下來，當前一站，亭亭玉立，不是范衛衛又能是誰？

不過和范衛衛絕世風華不相般配的是，身邊的男子雖然個子不矮，長相卻實在太差強人意了一點，眼睛長得太著急了，而鼻子又太長得慢條斯理了，嘴巴還好，卻偏偏是深紫色嘴唇，說明心臟功能不好，耳朵倒是挺大，可惜耳大無輪，如此五官組合在一起，怎一個慘字了得。

趙蝴搖了搖頭，一臉惋惜：「可惜了，范大小姐人長得漂亮，出身又好，怎麼找了一個長相這麼糟糕的男朋友？難道真應了一句話，好漢無好妻，好妻嫁個禿毛雞？」

「小點兒聲，別讓范大小姐聽到了。」

王超也是頗感失望，他心目中的女神身邊的男人別說英俊瀟灑了，簡直醜得慘不忍睹，讓他無比傷心，努力強打精神目送范衛衛挽著醜男的胳膊從身前款款通過。

他的目光在范衛衛曼妙的背影上停留了許久，才悠悠地說道：「要是我，寧願選擇商深也比這個人強上百倍。」

「商深也來了。」

馬寒的眼睛瞪大了，今天是怎麼了，都湊熱鬧來了，他示意眾人朝外面張望，「看到沒有，三個男人中間穿白襯衣黑褲子的那個，是商深吧？」

王超瞇著眼睛一看，淡然從容、一臉淺笑的男子，不是商深又是誰？

也是怪了，和一年多前一樣，商深也是穿了白襯衣黑褲子，依然是一臉憨厚的笑容，依然是邁著從容不迫的步伐，但現在的他似乎多了一股謙和的味道，彷彿他的氣度和淡然是經歷過許多滄桑歷練出來的，可問題是，他才多大，哪裡經歷過什麼滄桑？

難道商深也來參加「實體經營發展論壇前瞻」的會議？王超大腦高速運轉，一時有點弄不清狀況了。

不過不管王超是不是弄清楚狀況，應有的禮節不能忘，他恭敬地彎腰向商深幾人致敬。

「歡迎光臨！」

商深也認出了王超等人，朝王超幾人依次點頭微笑，走幾步又想起了什麼，回身停住：「麻煩問一下，今天酒店是不是有什麼會議？」

王超本來對商深印象不太好，但剛才范衛衛身邊的男人之醜深深地刺激到了他，加上現在的商深從容儒雅，給人如沐春風之感，他對商深的印象有了一百八十度的逆轉。

「是的先生，有一個『實體經營發展論壇前瞻』的會議，在三樓會議廳。」王超畢恭畢敬地回答說。

「謝謝。」商深點頭致謝，和馬化龍、葉十三一起上樓而去。

對「實體經營發展論壇前瞻」的會議，商深聽過就拋到了腦後，並沒有多想。

王向西訂好的雅間在二樓，一行三人到了雅間後坐定，要了茶，點好菜，正沒聊幾句，商深的手機響了。是崔涵薇來電。

「太氣人了，現在我才知道我哥賣掉了工廠，賣就賣了吧，反正他大半年來也一直閒著，什麼都不想做，可是他只賣了一百五十萬。我罵了他幾句，結果倒好，他居然玩起了失蹤！」

崔涵薇氣得不行，她以為崔涵柏消沉一段時間還會重整旗鼓，也就順了他的意，沒有把事情真相告訴爸爸。不想崔涵柏一連消沉了幾個月也不見起色，每天不是喝得酩酊大醉，就是沒日沒夜地狂打遊戲，整個人就如長了雜

草的荒地一樣，頹廢、衰敗，看不到一點積極向上的跡象。

等了幾個月，崔涵薇實在看不下去了，就再三勸告崔涵柏振作精神，不要再無所事事下去。崔涵柏不聽，反而讓崔涵薇不要多管閒事。崔涵薇一氣之下威脅說，如果他再這樣下去，她就會告訴爸爸他被騙了一千萬的事。

崔涵柏聽了卻說，被騙一千萬算什麼，他後來又被坑了八百五十萬。崔涵薇大驚，忙問發生了什麼事，這才知道，原來崔涵柏稀裡糊塗就把價值千萬的工廠以一百五十萬的價格賣給了畢京。

畢京接手工廠後，立即進行改造升級，改造升級後的工廠煥然一新。他並且聯合范衛衛、伊童成立了「未來製造有限公司」。公司成立不久，就接到跨國公司的代工訂單，訂單金額高達千萬美元。

崔涵柏本來還不知道「未來製造」的事，是後來有認識的客戶打電話來，先是恭喜他生意越做越大，然後提出有意和他合作，要交給他一筆大訂單時，他才知道葉十三買走他的工廠是為了什麼，恍然大悟自己又被人算計了。

他先是被黃廣寬明騙，又被葉十三騙，人生如此慘敗，他對自己的智商產生了嚴重懷疑，從此自暴自棄，再也不想什麼東山再起的事了。

本來商深想替崔涵柏討還公道，向黃廣寬討回崔涵柏被騙的一千萬，但後來事情一多，他脫不開身，也沒有黃廣寬的消息，就只好耐心等待時機。不想崔涵柏背後背著所有人賣掉了工廠，並且只賣了一百五十萬！真是個徹頭徹尾的敗家子！

商深說不生氣那是騙人的，況且買走工廠的是葉十三和畢京。不過現在生氣也事無補了，工廠已經易手，走的又是正當程序，想要要回來是不可能的。

「先別急，事情總有解決的辦法。你讓崔伯伯也別生氣，涵柏也是太心高氣傲了，總想成功，可惜運氣不好，遇到的都不是好人。這樣好了，等我回北京後再好好商量一下怎麼辦。」

「嗯。」崔涵薇現在什麼事都讓商深拿主意，不知不覺中，商深已經成了她的主心骨和精神支柱，如果不是商深，哥哥出了這麼大的事，她真不知道該怎麼面對。

「商深……」

聽到崔涵薇的聲音忽然柔情似水，商深心中一動：「怎麼了？」

「等你回來，我們就結婚吧。」

其實應該是他鄭重其事地向崔涵薇求婚才對，現在卻由崔涵薇主動向他提出，商深心中充滿了感動，當一個女孩想要嫁你時，就是她下定決心，將一生一世託付於你之際。難能可貴的是，在你一無所有的時候，她甘願和你走過人生最艱苦最清貧的時光，她的愛，是最單純最高尚的愛。

為一個女人守護一生並且愛她一生，是一個男人應有的使命和責任。

「好，等一二三和七二四度過現階段的難關後，我們就結婚。」商深肯定地答覆崔涵薇，「到時，我會正式地登門求婚。」

「我等著。」崔涵薇溫柔說道。

「恭喜商弟，等你結婚的時候，我和化龍一定親自過去為你慶賀。」王向西聽到了部分的電話內容，高興地祝福道。

「謝謝。」商深點頭笑道：「到時我一定會請你們都過來，我要辦一場世紀婚禮，到時邀請互聯網業界的所有風雲人物到場，相當於舉辦一次互聯網精英大會，哈哈。」

「哈哈，這個主意好，我到時一定參加。」馬化龍也是哈哈大笑，打趣王向西，「向西，你還對徐一莫念念不忘嗎？」

王向西搖頭：「我只是抱著欣賞美好事物的態度欣賞徐一莫，沒有別的想法，化龍，你不要想歪了。」

「是我想歪了，還是你想多了？」馬化龍微微一瞇眼睛，「說實話，徐一莫是難得的好女孩，她的開朗讓人身心愉悅，覺得世界都充滿了美好。說真的，商深，不知道為什麼，我總覺得徐一莫更適合你，和徐一莫在一起，你應該沒有太多壓力，也會很輕鬆很舒心。」

商深微微一驚，和他熟悉的人覺得他和徐一莫在一起最合適不足為奇，但連和他見面不多的馬化龍也認為他和徐一莫在一起更輕鬆，不得不讓他大感驚訝，難道他和徐一莫在一起時有那麼明顯表露出輕鬆和開心來？

「化龍，感情上的事，外人無法體會，還是不要說太多了。」

王向西忙提醒馬化龍不要多說容易引起誤會的話，他舉杯朝商深示意，「商老弟，來，我敬你一杯，剛才化龍的話只是隨口一說，是玩笑話，別當真。」

商深和王向西了碰了杯，感慨地說：

「我和范衛衛，是在錯誤的時間遇到了錯誤的人，和涵薇，是在正確的時間遇到了正確的人，和徐一莫，是在錯誤的時間遇到了正確的人。人生有許多際遇，不是想怎樣就能怎樣的，需要很多機遇巧合。就和互聯網創業一

樣，幾年來，投身到互聯網浪潮中的創業者有多少？流向互聯網的資金少說有上千億美元，但最終殺出一條血路成功的人有幾個？大多數被淹沒在大潮中，再也沒有出頭之日。」

「互聯網是一個神奇的世界，可以創造許多奇蹟和神話。」馬化龍對此也深有感觸，「但奇蹟和神話是建立在無數人的失敗上的璀璨之花。一將功成萬骨枯，互聯網也是一樣。商深，你說從千軍萬馬之中殺出來的我們，成功的原因是什麼？」

這個問題難度頗高，商深認真地想了想道：

「我覺得第一是執著，執著地認為互聯網會成為浪潮，會成為社會的主流，會成為經濟的增長點。第二是認真，不管做什麼事，只要認真就肯定會有收穫。第三是抓住了機遇，一是時代的機遇，我們正好趕上了互聯網浪潮湧現的時機，沒有錯過，伸手抓住了。二是個人的機遇，我們學的是相關專業——當然，馬朵除外，他是電腦盲，是互聯網門外漢，他的成功另當別論——本身對電腦感興趣，天生具備了互聯網的基因。第四，也是最關鍵的一點，我們敢於創新，勇於嘗試新事物，並且願意打破傳統。以上四點，讓我們成為了時代的弄潮兒。」

說到這裡，商深又自嘲地笑了：「雖然是時代的弄潮兒，但最終能傲立潮頭多久，會不會很快就會被另一個浪頭拍死在風口浪尖還在兩可之間。不過至少我們努力過了，拼搏過了，奮鬥過了，付出了青春和熱血，付出了汗水和所有，哪怕失敗，我們也可以無悔地說，不是我們能力不夠，而是我們運氣不好。」

「說得好！」馬化龍和王向西被商深的一番肺腑之言感動了，一起鼓掌叫好，「只有努力過了，才有資格說運氣不好。商深，我完全相信，明天我們有能力也有機遇創造更多的奇蹟。」

三個人碰杯，一齊豪氣地放聲大笑。

「咚咚咚！」門外傳來捶門的聲音，一個甕聲甕氣的聲音低沉野蠻地說道：「吵什麼吵？吵死了！少嚷幾句！」

商深搖頭一笑，沒有理會，馬化龍卻是臉色一變，正要起身看個究竟，王向西已經搶先一步打開了門。

門口站著一個粗壯的男人，圓睜雙眼，怒氣衝衝。乍一看，就如蒙古跑馬的漢子。

王向西打量對方一眼：「怎麼了？」

「怎麼了？」

跑馬的漢子回敬了王向西一個惡狠狠的眼神，眼睛又掃了商深和馬化龍一眼，見商深不胖不瘦，馬化龍稍嫌瘦弱，心中就立刻有了計較，「你們太吵了，影響到了我的心情，我要求你們立刻向我賠禮道歉！」

喝多了吧？王向西很是無語，左右看了一眼，最近的雅間也在三米開外，就算剛才他們的笑聲再大，也不會傳到別的雅間之中，對方純屬無事生非。

他冷笑一聲：「你吃飽撐的吧？我們影響你的心情？聲音傳到你們房間？不可能！」

「聲音是傳不到房間裡，但是我路過你們門口的時候，你們吵得我頭疼，所以你們必須向我道歉。」漢子繼續無理取鬧，他壓了壓手指，發出幾聲脆響，露出兇惡的表情，「不道歉，就用拳頭說話。」

商深明白過來，對方根本就是無理取鬧，而且很明顯是有備而來，問題是他不認識跑馬的漢子，顯然王向西和馬化龍也不認識，那麼這個人到底是衝誰來的？

商深朝馬化龍使了個眼色，起身來到門口：「兄弟，你哪條道上的？」

跑馬的漢子頓時愣住了，難以置信地上下打量了商深一眼：「你混哪裡的？」

「左青龍，右白虎，前朱雀，後玄武……」

跑馬的漢子大吃一驚，雙手抱拳：「失敬，原來是四合堂的兄弟，在下曹包，多有冒犯，見諒！」

話一說完，朝商深一點頭，飛快地跑了。

馬化龍和王向西面面相覷，都不知道發生了什麼事。

商深也是撓了撓頭，一臉無辜地說：「別看我，我也不知道是什麼情況。我只是隨口一說，想唬唬對方，沒想他叫曹包還真是草包，說跑就跑了。什麼四合堂，我還真沒聽說過。」

「你剛才說的是什麼？什麼左青龍右白虎？」王向西一頭霧水。

「是我小時候經常唱的一首兒歌——左青龍，右白虎，前朱雀，後玄武，中間紋個米老鼠……」

「噗！」馬化龍一口茶全噴了出來，「這也行？」

「哈哈……」王向西也被商深逗樂了，笑得前仰後合，「真有你的，商深，騙人不用打草稿。」

商深笑歸笑，卻是一本正經地說道：「雖然對方被騙走了，不過我覺得事情沒那麼簡單，對方有備而來，是故意來找事的，就是不知道是衝誰來的。所以我感覺對方不會善罷干休，還會再來。」

話音剛落，就傳來了敲門聲。王向西開門，門口站著一名服務生。

「先生您好，請您和另外兩位先生一起參加三樓的實體經營發展論壇前瞻會議！」

王向西一愣：「誰的邀請？」

服務生一臉為難：「嗯，不好意思先生，我不能說。」

「好，我們隨後就到。」商深替王向西答應了下來。

王向西迷惑了，關上門，「商老弟，我總覺得哪裡不對。」

「肯定不對，不過別管那麼多了，去參加會議總比再被怪漢堵門強吧？走，我們去見識一下會議有多上檔次。」

馬化龍理順了事情的來龍去脈，說：「商深說得對，邀請我們參加會議的人八成就是指使跑馬漢子來搗亂的人，走，會會他們。」

三樓的會議廳裝飾得富麗堂皇，說是會議，其實並不是嚴格意義上的開會，反倒更像是一個聚會，除了講臺上懸掛的「實體經營發展論壇前瞻」的條幅之外，整個會場佈置得反倒更像是一個聚會。

不少人三五成群聚在一起，手端酒杯，竊竊私語。男人多半西裝革履，女人大多長裙墜地，偌大的會議廳中，約有四五十人。

商深一行人到了之後，無人接待他們，也無人告訴他們注意事項，三人既來之則安之，找到一個安靜的角落，各拿了杯香檳，坐下說話。

「會是誰呢？」

王向西百思不得其解，忽然想到了什麼，一拍腦門，「對了，會不會是范長天安排的？威尼斯可是范長天的產業。」

「應該不會。」商深搖頭，「范長天想見我，不會這麼神秘。再說，我和范長天現在也無話可說，他不會也不願意再見我。不過根據行事風格推斷，這個神秘人物應該是我的一個朋友，而不是你們在深圳的朋友。」

「應該不是我們的朋友，我們在深圳也沒有這麼古怪的朋友。」馬化龍歪著頭說。

管他是誰，既然對方邀請了他們，肯定會露面，商深也懶得去猜，索性和馬化龍、王向西邊吃邊聊，會議準備的食物和酒水都價值不菲，對方既然盛情難卻，他也得笑納對方的一番好意才對。

「商深?!」

商深和馬化龍、王向西正聊得興起時，突然身後一個冰冷的聲音響起。

聲音不但冰冷而且還充滿了敵意，商深還沒有回頭就心中一跳，怎麼是她？

「許阿姨。」

商深起身回頭，果然身後站著一個人，禮服濃妝以及傲然的姿態，不是許施又是何人？

請續看《當代商神》9 今世五霸

當代商神 8 石破天驚

作者：何常在
發行人：陳曉林
出版所：風雲時代出版股份有限公司
地址：10576台北市民生東路五段178號7樓之3
電話：(02) 2756-0949
傳真：(02) 2765-3799
執行主編：朱墨菲
美術設計：吳宗潔
行銷企劃：林安莉
業務總監：張瑋鳳

初版日期：2018年11月
版權授權：閱文集團
ISBN：978-986-352-639-1

風雲書網：http://www.eastbooks.com.tw
官方部落格：http://eastbooks.pixnet.net/blog
Facebook：http://www.facebook.com/h7560949
E-mail：h7560949@ms15.hinet.net
劃撥帳號：12043291
戶名：風雲時代出版股份有限公司

風雲發行所：33373桃園市龜山區公西村2鄰復興街304巷96號
電話：(03) 318-1378
傳真：(03) 318-1378
法律顧問：永然法律事務所 李永然律師
北辰著作權事務所 蕭雄淋律師

行政院新聞局局版台業字第3595號 營利事業統一編號22759935

定價：280元　特惠價：199 元

國家圖書館出版品預行編目資料

當代商神 / 何常在著. -- 初版. -- 臺北市：風雲時代,
2018.07-　冊；　公分

ISBN 978-986-352-639-1（第8冊；平裝）

857.7　　107007803